宽窄之道

封面新闻／编

作家出版社

图书在版编目（CIP）数据

宽窄之道／封面新闻编 . -- 北京：作家出版社，
2019.10（2023.4重印）

ISBN 978 – 7 – 5212 – 0744 – 6

Ⅰ . ①宽… Ⅱ . ①封… Ⅲ . ①散文集 – 中国 – 当代
Ⅳ . ①I267

中国版本图书馆 CIP 数据核字（2019）第 217640 号

宽窄之道

编　　者：封面新闻
责任编辑：钱　英　杨新月
装帧设计：合和工作室
出版发行：作家出版社有限公司
社　　址：北京农展馆南里 10 号　　邮　　编：100125
电话传真：86 – 10 – 65067186（发行中心及邮购部）
　　　　　86 – 10 – 65004079（总编室）
E – mail: zuojia@zuojia. net. cn
http: // www.zuojiachubanshe.com
印　　刷：中煤（北京）印务有限公司
成品尺寸：148 × 210
字　　数：173 千
印　　张：7.625
印　　数：31001–33000
版　　次：2019 年 10 月第 1 版
印　　次：2023 年 4 月第 5 次印刷
ISBN 978 – 7 – 5212 – 0744 – 6
定　　价：42.00 元

宽窄之道的四十种独白

草野之中，蟋蟀寥阔。

秋日淡看流云，漫步宽巷与窄巷，领悟宽窄之道。

宽与窄，天地轮回，人生圆融。宽与窄，看似中庸之道，其实是生命哲学。

老子有言："有无相生，难易相成，长短相形，高下相倾，音声相和，前后相随。恒也。"

宽窄哲学博大精深，是四川文化的代表和符号，是一种记忆和传统，也是一种品位和价值。

2018年12月8日至2019年9月14日，从冬至到初秋，四十位名家连续在封面新闻、华西都市报纵谈"宽窄之道"：曹廷华，车延高，邓凯，傅天琳，龚学敏，何开四，侯志明，胡弦，霍俊明，吉狄马加，贾梦玮，蒋登科，蒋蓝，李钢，李后强，李瑾，李少君，李元胜，刘笑伟，刘萱，罗伟章，吕进，马原，米瑞蓉，缪克构，邱华栋，丘树宏，荣荣，孙卫卫，谭继和，田耳，王久辛，吴传玖，徐则臣，阎安，杨克，叶延滨，曾凡华，张新泉，周啸天。

四十位名家，四十种"宽窄"独白，四十种精神意向，蔚为大观。

叔本华说："伟大的心灵，在这个世界更喜欢独白，自己与自己说话。"

回旋在生命的嘹亮与哀寂，邱华栋在那个夜晚沉吟："生与死的对立之门一齐向我敞开，那一瞬间，我好像明白了很多。我知道了这个世界就是人人要通过一道道的窄门，过一个个坎儿，然后才能来到更加宽阔的地带。世界，永远都充满了新生的希望，虽然同样存在着寂灭的悲哀。"

飘蓬只逐惊飙转，行人过尽烟光远。李瑾在遥远的京城，淡然地写道："我也会为当年的俗气、土气和狭隘的乡土观暗自赧然。但人生总是这样的，和演戏一般无二，不时会有新的角色和舞台，在前面候着。"

在宽窄的奇异时空里，时间本身是一个圆圈，所以，阎安会有那样极致的顿悟："相信读书能把世界变轻，或者通过读书能获得一种把世界变轻的通灵术，然后世界改变了其原有的属性，变得无所不能，总是在关键的时候能逃脱厄运，化险为夷。"

宽窄也可以扭转命运，农家孩子贾梦玮，在人生之路来往奔突："我初中毕业后就辍学了。在别人看来，我脚下的路窄之又窄，命运已经注定：一个初中毕业的农村孩子只能当农民。但我并不知道或者并不相信自己的处境，兀自做着作家梦、文学梦，想象着外面的世界，不管不顾地认为自己一定会离开原地。是文学经典给了我想象外面世界的通道，并锻造我、鼓励我逐步走向外面的世界。"

宽窄的奇异，总是百变，衍生出味蕾江湖的独霸。胡弦说：

"火锅以辣为王，为何？也许，因为辣是各种味道中最任性的吧。辣有点像闪电，能一瞬间劈开人味觉里迟钝、黑暗的部分，甚至惊醒了你身体里最偏僻角落里的细胞。合成后的辣，却又像人生的教科书，对应着味觉，也对应着我们对生活之道的领悟和突破。"

而在蒋蓝眼里，宽窄恰是一座城的镜像："宽窄哲学恰恰是中道精神的灿然落地，这是步入成都深处的秘道，由此我们领略一座因水而生的大城，一座诗意迭兴的古城，一座秀美温润的丽城，一座现代时尚的宜居之城。"

也许，吉狄马加的独白，更是一种诗意的哲学思考，显现出精神的宇宙："作为一个诗人，我所有的精神创造，其实都在面对两个方向，一个就是头顶上无限光明的宇宙，引领我的祭司永远是无处不在的光，另一个就是我苍茫的内心，引领我的祭司同样是无处不在的光，它们用只有我能听懂的语言，发出一次又一次通向未知世界的号令，并在每个瞬间都给我的躯体注入强大的力量。"

……

生与死，梦与醒，少与老，是同样的东西。后者变化，就成为前者，前者回来，则称为后者。

宽与窄，是一本永远翻不完的大书。时常翻阅，时常便有惊异和严肃之感，如同高悬我们头上的星空和心中的道德律。

阿尔贝·加缪说："如果没有真知灼见，也就没有真正的善良和崇高的仁爱。"宽窄之道的终极，也在于此。

封面新闻

2019 年 9 月 27 日

目　录

（篇目按作者姓氏拼音排序）

001　|　曹廷华　　宽窄的诗意与诗意的宽窄

007　|　车延高　　宽窄巷子里悟生活

015　|　邓　凯　　宽路窄道忆师长

022　|　傅天琳　　叶脉上的路

027　|　龚学敏　　有一种宽叫作把水切薄

032　|　何开四　　人到窄时　一定是宽的临界点

038　|　侯志明　　人生无处不宽窄

042　|　胡　弦　　宽窄巷子记

048　|　霍俊明　　从极窄处迸涌出的热泪与光芒

054　|　吉狄马加　宽与窄的诗性哲学思考

059　|　贾梦玮　　天地宽道路阔

065　|　蒋登科　　宽窄都是路，走好每一步

072　|　蒋　蓝　　从宽窄到中道

078　|　李　钢　　大道之行也

084 | 李后强 宽窄在心 宽窄在蜀

090 | 李 瑾 行到窄处潮头阔

096 | 李少君 诗歌里的宽与窄

102 | 李元胜 给自己选条窄路

107 | 刘笑伟 宽窄由心

113 | 刘 萱 近在咫尺的远

119 | 罗伟章 如宽一样窄，如窄一样宽

125 | 吕 进 入得宽窄之门 做诗意栖居者

130 | 马 原 宽与窄 两个极向之间

135 | 米瑞蓉 宽窄人生路

142 | 缪克构 宽窄故乡

147 | 邱华栋 窄门与宽阔的人生

152 | 丘树宏 宽宽窄窄文化路

158 | 荣　荣　　水穷云起自开阔

163 | 孙卫卫　　"宽窄"微思录

171 | 谭继和　　宽窄是人生美学

175 | 田　耳　　你往哪头是宽？

182 | 王久辛　　忆少年　天籁宽窄游

190 | 吴传玖　　宽窄有百味　窄处亦芬芳

194 | 徐则臣　　阿丽莎的"生命喜悦"与《北上》之宽窄

201 | 阎　安　　我们村子里的读书人

208 | 杨　克　　人生宽窄皆是路

214 | 叶延滨　　凉水塞牙与摸黑上路

219 | 曾凡华　　沅水里的宽与窄

225 | 张新泉　　人生何其短　文学何其大

231 | 周啸天　　说宽窄

曹廷华，男，1939 年生，四川天全县人，西南大学教授。曾任西南师范大学中文系主任、校图书馆馆长、教育部全国高校中文学科教学指导委员。中国作家协会会员，曾任重庆作家协会副主席、重庆图书馆学会理事长等职。享受国务院政府特殊津贴，全国优秀教师，西南大学校歌、校赋撰写者。著作有《文学概论》《美学与美育》《文艺美学》《高校图书馆与校园文化》等及文艺学、美学论文多篇。

宽窄的诗意与诗意的宽窄

◎曹廷华

　　在人们的日常生活中，宽窄是个非常普通的平面空间概念，是可量度的物理存在，与诸如高下、大小、深浅、方圆等一样，见惯不惊，哪来什么诗意？于道路而言，它供行走之用；于河流而言，它供水流之用；于房屋而言，它供居住之用。在这样的层面上，宽窄没有生命感，似乎与诗意扯不上什么关系。如果我们把宽窄形成的空间当作人们衣食住行的生活场境，当作人们命运遭际的一段历程，或者当作人与自然、人与社会、人与人及人与自我关系的立足点和场所，宽窄就活起来了。如果其中渗透着诸如贫富穷通、盛衰兴替的变化，爱恨情仇、生离死别的纠葛，再加上岁月流逝、天地悠悠的感触，还能说它没有诗意吗？例如巷子，或宽或窄，或深或浅，或曲或直，但只要有人活动于其中，诗意就产生了。不然，陆游怎么会写出"小楼一夜听春雨，深巷明朝卖杏花"这样寂寥而清新的名句？戴望舒怎么会写出《雨巷》这样精巧而鲜亮的名诗，"一个丁香一样地／结着愁怨的姑娘"，"撑着油纸伞／独自彷徨在悠长／悠长又寂寥的雨巷"？这深巷或雨巷宽窄的诗意，巧妙地化成了诗人笔下诗意的宽窄。宽窄的诗意化成诗意的宽窄，既可以说是"借'宽窄'之酒杯，浇自己胸中之块垒"，也可以说它源于宽窄，超越宽窄。成都有名的宽巷子、窄巷子，不就诗意盎然、名享一方吗？记得读过一首《宽窄记忆》的诗，开篇就给了这宽窄巷子浓浓的诗意，"窈窕丰腴的巷子／装着一座城市的记忆"。

当然，宽窄的诗意并不止于宽窄本身，宽窄本身也许仅有一般的形式美感。宽的开阔感，窄的紧凑感，或者说宽的畅达感，窄的细谨感，宽的平旷感，窄的线条感等。但是，这形式美感不就是一种诗意呈现么？这样的形式美感，直接影响着我们的日常生活是否也有那么一点儿诗意。比如说"衣"吧，人们穿衣，除了保暖遮羞的实用功能外，还有衬托人体美、展现衣饰美的作用，于是便有了宽袍大袖或紧身小衣的穿戴讲究，宽袍大袖以见潇洒，紧身小衣以显精干。唐代诗人李贺有一首写汉代美少年秦宫的诗，"越罗衫袂迎春风，玉刻麒麟腰带红"。白居易写杨贵妃在所谓虚无缥缈的仙山形象也写了她的衣着，"风吹仙袂飘飘举，犹似霓裳羽衣舞"。这样的诗句，鲜活地勾勒出宽薄衣袂在动感中的形式之美，可谓诗情画意。至于紧身窄衣之美，人们或从比基尼中可见一斑。

再比如说"住"吧，有宽有窄，有大有小，阿房宫够宽吧？杜牧说它"覆压三百余里，隔离天日"，其壮观豪华，极尽奢靡，最终却是"楚人一炬，可怜焦土"。辛弃疾则写的是"茅檐低小，溪上青青草"，一间矮小的茅屋，而且似乎住着好几口人，够逼仄了吧？可是却荡漾着太平或开明社会状态下村居生活的乐趣："大儿锄豆溪东，中儿正织鸡笼，最喜小儿无赖，溪头卧剥莲蓬。"豪宅宽屋又如何？俗话不是说"家有万间房，只需一张床"么？陋室茅舍又如何？刘禹锡不是说"可以调素琴，阅金经"么？宽窄形式美感生发的诗意，于此可见一斑。

但是，宽窄形式美感要能生发诗意，却有一个不可或缺的基础性条件，那就是宽窄的空间中必须有活动的人和人的活动。正是在活动的人与人的活动中，宽窄无限可能地拓展着它的诗意。这里至少可以分两个层面来看：

第一个层面，宽窄会激发人们对类比器物或状态的关联性联想，如长短、大小、方圆、曲直、粗细、厚薄或丰腴窈窕等等，而这些与宽窄的关联性联想，毋庸置疑都会生发诗意，激发诗兴。以大小而论，有人说"大道朝天，各走一边"，有人说"你走你的阳关道，我过我的独木桥"，李白却说"大道如青天，我独不得出"，白居易则写琵琶女弹奏的琵琶是"大弦嘈嘈如急雨，小弦切切如私语"。更妙的是王维《使至塞上》的两句："大漠孤烟直，长河落日圆。"请看看，上句像不像平面上的一条垂直线？下句又像不像直线上的一个外切圆？这里是不是也有宽窄之诗意呢？当然有，大小弦的关系、线和面的关系，就是一种宽窄关系。

第二个层面，随关联性联想而衍生的体验性人生感悟，极大地丰富了宽窄及其关联性状态所可能展现的诗意，让诗意的宽窄远远地超越了宽窄的诗意。因为在这样的层面上，宽窄的诗意已经转化为人生的诗意，诗意的宽窄也升华为诗意的人生。从古到今，大致如此。

这一层面似乎应该有两个要点，一个是得把宽窄引入精神世界的认知，一个是把宽窄化入心灵世界的感悟。认知并非要你去探究宽窄的至理，做一个宽窄研究专家，而是说要懂得点儿宽窄之道，明白点儿宽窄之理，知道宽窄也同万物般变化无穷，含蕴无尽，在有限无限中相依相存，相对而生。虽不一定像太极那样圆转自如，但是在宏观世界"其大无外"与微观世界"其小无内"之间，它是天地间与人息息相关的一种存在，你得理解它，尊重它。也许懂得这个道理，才能感受它的诗意，才能明白何谓"老当益壮，宁移白首之心；穷且益坚，不坠青云之志"，才能明白为什么王维会有"行到水穷处，坐看云起时"的淡定。柳子厚在《马退山茅亭记》有名言曰："美不自美，因人而彰"，仿之曰："宽窄不自语，人解可得诗。"在这个意义上，可以说对宽窄的认知，是对宽窄感悟而起兴成诗的前提。

当宽窄进而化入心灵世界的感悟时，伴随着已有的认知、所积累的人生经历体验以及可能已形成的诸多关联性联想，直觉便在潜意识中不自觉地凸显，灵感勃发，见人之不能见，发人之不能发，宽窄的诗意便随即化为与众不同的诗意的宽窄，创造出独特的宽窄诗意。它或者有关于宽窄中人事景物的寄兴，或者有个体命运的感喟，或者有天地苍茫的天问，或者有岁月流逝的用情。在这样的感悟与感兴中，诗人笔下展现出或豪放、或婉约、或素朴、或绚烂的众多意象，而且让人"超以象外，得其圜中"，诗意的宽窄就升华为天地的宽窄、万物的宽窄、人生的宽窄了。这样的宽窄，在一定意义上也就淡化了宽窄，达成了诗意自由与诗境深邃。"路漫漫其修远兮，吾将上下而求索"，屈原的这条路，宽窄已经不重要，重要的是即使窄得仅可容足，而且凹凸不平，他还是要反复去走，追寻他的那个梦。

"念天地之悠悠，独怆然而涕下。"陈子昂面对广袤的天地，面对往古和未来的空寂，遗世独立的"窄"，表达着他内心的凄怆。苏轼却于宽窄以及穷通得失之类旷达开朗得多，不仅用"也无风雨也无晴"写出随遇而安，而且在《赤壁赋》里写出了宽窄自如感："白露横江，水光接天，纵一苇之所如，凌万顷之茫然。浩浩乎如冯虚御风，而不知其所止；飘飘乎如遗世独立，羽化而登仙。"以小可以驭大，以窄也可以驭宽，这便是东坡的随性而为。较之苏轼，杜甫显露的那种深沉的宽与窄的命运遭际感，也许更具普遍性。杜翁的名诗很多，《旅夜书怀》是其"五律"的代表作之一。即便我们把它说成是全篇都在写关于天地人生的宽窄感慨，也不算牵强附会。首联"细草微风岸，危樯独夜舟"，起句见小，见窄，微风、细草、夜舟、桅樯，再嵌入一个"独"字，不就只是天地山水间的一个小点儿吗？孤独的夜，孤独的船，孤独的人，实在是够"窄"的了。为衬托或强化这种孤独，颔联却承接以宏阔景象，"星垂平野阔，月涌大江流"。在这样宽广的夜空下，在这样奔腾不息的大江上，那个孤独于夜舟的人，是不是显得更寂寥，甚至还充满郁闷和凄凉呢？转向颈联"名岂文章著，官应老病休"。怎么一下子就从写景转为写人了？而且是发牢骚了？其实，这真的是顺理成章的事儿，一个面对无限广大宽阔而又涌动月光江流美景的人，需要排遣胸中的孤寂郁闷，感叹人生遭际中的冷漠无情：名真是靠文章显露的吗？官真是因老病才作罢的吗？出名的路子多得很，做官罢官的理由也多得很，怎么要给定一条窄窄的"线"来约束呢？这就叫宽窄由人不由景。前三联，可以说一窄一宽又一窄，等着尾联来"合"，所以收笔便宽窄"合龙"，感慨良深，"飘飘何所似，天地一沙鸥"。人生大致如此。把宽窄引入杜诗的解读，发现它蕴含深厚的诗意宽窄，是不是多少也有点儿诗歌读解或诠释的新意呢？只能说，对宽窄的心灵感悟越真切、越通透，对宽窄的诗意表达便越丰厚、越独特。

　　总而言之，宽窄的诗意与诗意的宽窄，应该出自诗家一双发现美的眼睛，一种感受美的心灵，一种独特的美的创造。因此，宽窄的诗意与诗意的宽窄，在人的脚下，在人的眼中，更在人的心上。于是，可以从一粒沙看大千世界。

车延高，武汉大学经济学博士，中国作家协会会员，湖北作家协会会员。有诗歌、杂文、散文、随笔、小说、报告文学等作品发表于各类报刊杂志。著有诗集《日子就是江山》《把黎明惊醒》《向往温暖》《车延高自选集》《灵感狭路相逢》《诗眼看武汉》和散文集《醉眼看李白》等。获《十月》年度优秀诗歌奖、《诗歌月刊》年度优秀诗人奖、《诗选刊》年度十佳诗人奖、《诗刊》年度优秀诗人奖和第五届鲁迅文学奖。

宽窄巷子里悟生活

◎车延高

在成都，去宽窄巷子寻一静处坐下，陪一杯茶品时间，忽而闭目，忽而王顾左右，让悟性和想象力推杯换盏，慢慢地咀嚼生活，灵感不请自来。

人坐下，疲乏就上身，感觉旅游就是寻开心，是一颗喜新厌旧的心在一个地方待腻了，就带上朝花夕拾的眼睛去陌生的地方寻找美，为美花心，又被美折腾得筋疲力尽。一旦落座于板凳，稀奇古怪想法纷至沓来。梳理就显得做作，不梳理倒是原汁原味。于是就顺其自然，全无章法地信手拈来。

心窄了，再宽的人生路途，都会感觉有人和你过不去。所以要记住，宽处容易转弯，窄处难以掉头。

再宽的路，没有网带宽；再窄的通道，没有光纤窄。

时间是用来打拼的，而不是用来打发的，谁让时间在流浪中放纵，时间就让谁在放纵中流浪。

有心，就比别人多了一双发现的眼睛。弯腰，才能捡起不该错过的东西。

读万卷书，长的是知识；行万里路，长的是见识。

吃进去再多只是食量，转化后才成为能量。消化是关键，消化决定转化。

敢在别人都不敢出手时出手，才有可能得手。

从不用教导的口吻对你说应该怎么做，但他的行为举止让你感觉是在读一本爱不释手的书，这就是教养。

开启灵感是有钥匙的，但不在神的手里。

成功有敲门的砖，懒汉要想想自己为什么总抓不到手里。

多次和机遇擦肩而过，就别再抱怨它不给面子，要让心审问自己的眼和手，是不是尸位素餐，眼高手低。

想改变命运就要有行动，自己不动起来，别人把机会白送你都是负担。

生活中没有解不开的结，只有不肯去解的结。所以说：死结，在人心里。

风险很多时候是在错杀之后，才把机遇交到抢抓机遇的人手里。

出头鸟挨了枪，滴血喊疼，才知道低调是件很实用的防弹衣。但出头鸟的壮烈恰恰就在于它知道疼，还要去体会血花牺牲时的绽放。

品格是一个人灵魂的肖像。

灵魂是人的精神内核，可以塑造，但不能打扮。

时间不用，过期作废。但作废的，绝对不是时间。

时间的定力在于，看着一匹马累死，疲惫把路走瘸了，它也不让日子有一天休息。当然自己也自觉，绝不停下来喘一口气。

从表面看，有些人在白白地浪费时间，但从本质上看是时间在白白地消费他生命的使用价值。

不要过度称道胯下之辱，还是要区分当时的状态，所临条件，人物身份。不同境况下，人会选择不同的方式，当韩信贵为宰相时，他可能想的是：士可杀，不可辱。

说到以屈求伸，会想到弓形虫、蚯蚓，作为活的方式无可厚非，但如果是为了活着，就不高尚，因为人有骨头。

攀登肯定会有跌落，你想万无一失也容易，就去做成功者的仰慕者。

被困顿折腾得筋疲力尽时，一个声音在耳边响起：是金子，总要发光的！这是金玉良言。当你赚得盆满钵满时，又一个声音在耳边响起：是金子，总要花光的！这是盛世危言。

人有属于自己的空间，但不是房子。房子在人独处时，只会囚禁孤独。这个空间是自己的心，不占面积，不背叛，绝对和自己共存亡。

不要谋求别人都站在自己这一边，无论自己在船头还是在船尾。

要让优秀人才和你一条心，就要学会共享，把雇佣关系变成股东关系。

一把手不仅权重，责任更重，德、才、能要配位。竖起来是标杆，横起来是扁担，标杆要正直，扁担要担当负重。

自信这事儿，作为一种个性，最容易被别人翻译成自大。自信是魅力，自大就会招来阻力。

不要迷信大师，你自己的悟性就是点化你的大师。

猜忌，就是用小心眼折磨自己，疏远别人。

一个人的幸福指数高低，不在于占有得多，用不完。而在于贪欲少，没有累赘。

爱提问题的人，才可能有学问；爱琢磨问题的人，才可能解决问题。

谦卑，是不自恃自身的能力，而看不起别人。自卑，是不相信自己的能力，而怕别人看不起自己。

阅读，就是让眼睛劳动，把各种知识一点儿一点儿搬进自己心里。

一定要交几个爱读书的朋友，共同嚼碎文字，消化知识，从厚重的故纸堆里提炼出来的书香是任何高档奢侈品店里买不到的。

减肥的秘方不仅仅是素食，熊猫天天吃竹叶，还是那么富态。

都怕枪打出头鸟，就意味着勇敢躲进猫耳洞，创造力沉舟侧畔。

面对挫折，一门心思找方法的人，很快会走向成功，而千方百计找借口的人，会继续陪伴失败。

人为面子而活，最大的长进是虚荣，最丰硕的收获是心累。

虚伪的极致，是将一张脸变成面具。

很多时候，幸福就蹲在苦难的身后。你被吓住了，一转身，别人跨过去把幸福牵走了。

时间是用来做事的，不要把它浪费在对一些人的怨恨上。只气愤，不发奋，成不了赢家。

有心，想挤时间有各种办法；无心，说没时间是最廉价的借口。

时间是最深入生活的，但它没写出一部作品，因为它没有心。

真正的贫穷不是你什么都没有，而是你想都不敢去想。

跟在别人后面跑，再努力只能是第二名，但要领跑，绝对是最累的。

输，是赢之前生活把你当一个皮球朝下拍。

宽恕，是没有捐赠行为的慈善。

不管风在替谁劝客，秋日里，枫叶把酒喝醉以后，卧在地上不起的，一定是为季节吟诵过诗句的叶子。

拼搏竞争的过程中，如果总喜欢打盹儿，那你的梦一定比事业辉煌。

能力使人的作用力升值，努力则给人的能力充值。

遇到问题就绕开，或踢给别人，就等于自己放弃了一次跨栏的机会。

整天无休止地抱怨，这个世界给你的宽容只能是允许你一生活在自己的抱怨中。

感觉事儿做得又苦又累，这不一定是磨砺，也许是没有找到正确的方法。方法不对，加上方向不对，只争朝夕的结果是：不被累死，也被结局活活气死。

插花的美在于让那么多花在一起哭，却看不见一滴泪。插花的残酷在于让那么多花为一种仪式殉葬，还要献出垂死挣扎的美。

情深到无家可归处，就是此生缘浅。

说时不我待，就是提醒我们做事不要等，因为你等时间的时候，时间绝对不等你。

若我们把孩子培养成了"移动硬盘"，那他就是一个被使用的工具。

苦，是用来打包幸福的一种滋味儿。

从别人的视角来查看自己，才知道个人内心有多肮脏，才知道自我可以盛产多少卑鄙，恶心过后，才会痛下狠手，就此杀死厚颜无耻的自恋。

不要排斥孤独，许多创造性思维都是在孤独状态下完成的，此所谓：静以成思。

孤独，可以被理性的沉思用来做禅房，但却被人的玩性深深厌恶。

孤独是一种待遇，只剩下一个人时，等于上帝允许你开始自己和自己较劲儿。

孤独使人学会和自己战斗，迎来的是思考，输掉的是不虚无。

情感有时就是一根百转千回的肠子，拴住故土，叫乡愁；拴住一个人，叫相思。

成家就是过日子，两个人在一起是为生活打拼，而不是打擂。

当你把孤独带出走不通的胡同，即便星星睡去，天不肯亮，寂寞还是解放了。

成为第一，只是暂时的胜者。成为唯一，才是长久的稳操胜券。

你若一直崇拜偶像，你此生就只是一位优秀的粉丝。

不要苦恼于你会被别人当成傻子，真正的苦恼，一定来自你经常把别人当成傻子。

真正弄明白了有的人为什么能走进你心里，也就找到了走进别人心里的路径。

乘人之危，其实是给自己的人品落井下石。

诗歌有自己的祖国，诗人给它的称谓叫生活。

诗人是和灵感打交道的人，而灵感是藏在生活中的磷片。

做人不能世俗，但作家要面对世俗，还要走进世俗。

过去总说没文化真可怕。现在发现，更可怕的是有文化，却没有教化。

缘分，就是在一个不曾约定的时点，两个没有血缘关系的陌生人鬼使神差地把自己交给了对方。

要允许孩子和大人争辩，因为他们大脑里思考的种子开始发芽了。

要面子，是虚荣心篡位后长出的另一张脸。

学会原谅是对别人的宽容，指望被原谅是对自己的放纵。

所谓自视过高，就是自己太看得起自己，但做出的事儿却既对不起别人也对不起自己。

自己不坚强，别人无法替你战胜懦弱。

蝴蝶没有找蜜蜂，蜜蜂也不去找蝴蝶，它们碰在一起是因为花朵不会走路。

财富有种子，落在地上叫汗水。

人再忙，如果心和脑盲着，都是白忙。

能不断地把自己的优点转化成习惯，修养就在人的内心落地生根。

准确地说家不是爱巢，而是用爱筑起来的巢。

把追求作为历程，困苦就是打磨自己的过程。

尊重权威是因为相信，挑战权威是因为自信。

你做事如果总是马马虎虎，这个世界就会用潦草的方式打发你。

自私是被贪心养大的，结果会被放大后的自我自食其力地孤立和毁灭。

落笔后，才感觉这些集束的思维碎片都来自生活体验，生活是条宽巷子，人情世故、柴米油盐、鸡毛蒜皮、喜怒哀乐等元素和符号都是有灵性的。作为写作必有的灵感，如果不走出闭门造车的窄巷子，不潜入生活的江湖去感受、体验、触发和碰撞，就找不到文学艺术的触点，江郎才尽是迟早的事儿。

邓凯，男，湖北人。毕业于中国人民大学中文系，文学硕士。少年时代开始写作，作品散见于《星星诗刊》《诗歌报月刊》《诗神》《诗潮》《飞天》《新华文摘》等并入选教材和选本若干。后从事新闻工作，组织过多个重大时政报道，现为《光明日报》文艺部负责人，高级编辑。数次获中国新闻奖。享受国务院政府特殊津贴，全国文化名家暨"四个一批"人才。北京师范大学新闻与传播学院兼职教授，封面新闻人文智库专家。

宽路窄道忆师长

◎邓凯

似乎还没到耽于回忆的年纪，却不小心踱进了宽巷与窄巷——人生之路是宽是窄？这一对相克相生、相爱相怨的哲学问题，一时间让我思绪放空。毫无来由地，脑海中回荡起姜育恒的《再回首》，那曾是少年时代为赋新词的最爱。鲜衣怒马，白衣飘飘，太阳每天都是新换的。三杯吐然诺，手可摘星辰。那轻飘飘的年纪委实需要貌似沉重的闲愁来压阵。等到时间的快马打着响鼻、绽着蹄花一路狂奔到二十年后，"再回首，云遮断归途……"渐渐从老姜沧桑沙哑的嗓音中，过滤出了苦咖啡的回甘。

我出生在长江边上。长江，极有耐心地陪我度过少年时代和一段难忘的乡村生活。和其他嬉闹的小孩子不同，我喜欢在黄昏时，独坐在江边的石板上，看大江一意孤行，兀自东去。长江，从格拉丹东的纤细琴弦，一路演奏，一路走来。到楚地时，已演绎成壮美交响——浩浩荡荡的江面，鸥鹭翔集，白帆点点。落日纵火，火烧云前赴后继，美不胜收。我常常在这寥廓江天之间，琢磨着人生的终极问题——我是谁？我从哪里来？要往何处去？一边是小屁孩儿在冥思苦想，一边是上帝在窃笑。这大约是"宽与窄"在我人生最初的投影；这一生，感染上文学细菌，大约也是那个时段。当然，沾上文学，有一个人也难逃干系。1979 年，十八岁的大哥考上大学，这在当地几乎酿成一个事件。暑期回来，他拉着我欣赏他用蹩脚的普通话朗诵《西去列车的窗口》《团泊洼的秋天》；听他"折磨"那把可怜的小提琴，无助的小提琴反过来又"折磨"我。但始料未及的是，那些诗句和音符，悄无声息地拓宽了一个孩子心灵的疆域。

中学时期大约是我人生最快意、最勇猛、最无忌的一个章节，就像一匹无知且无畏的野马，在无垠草原上撒欢。初中时开始迷恋诗歌，舒婷、顾城，别人绕不过，我自然也绕不过；聂鲁达的《二十首情歌和一首绝望的诗》、博尔赫斯的《老虎的黄金》、里尔克的《秋日》……他们用窄窄的诗行，为一位少年标注了文学世界的宽广。狂热阅读，笔记记了一本又一本；狂热练笔，捉住同桌听我朗诵新作；狂热投稿，邮局的工作人员都成了朋友。初中开始发表诗歌和散文，高中时发表的作品渐渐多了起来，在全国性的青少年文学比赛中获奖有二十余次，曾被当时影响广泛的《全国中学生优秀作文选》评为"全国十佳文学少年"。高二时出版了诗歌散文集，其中一首诗《想象》后来入选小学课本。对一个十几岁的少年，命运展示出巨大的慷慨与偏爱。

如果认为这一切就像史铁生所说的"好运设计"，是命运馈赠的礼物，那受赠者未免也太心安理得了。其实，太多的十几岁的少年，他们的人生，更像一个软木塞子，在大海上随波逐流，漂来荡去。在当时的湖北，高考竞争白热化，升学率是唯一的指挥棒，其他可有可无。像我这样，绝对是一个应该被打压的屈指可数的另类。而我所在的大冶市东风路中学，给了我这个另类巨大的扶持和帮助。当时的黄鹤校长，写得一手好毛笔字，教化学的，脾气暴躁，一言不合就会产生剧烈的化学反应。对我，他却有无比的宽容。他特批为我报销每年去全国各地参加文学笔会的差旅费；为我在学校专门设了一个读者和文友来信的信箱；学校仅有的两部长途电话对我随时开放。遗憾的是，他已经去世了，我甚至没来得及诚诚恳恳地当面向他鞠一躬。我的老师石教年、石顺时、陈友祥、赵瑞云、侯春娥、王厚怀、饶扬志、陈青云、刘克和，还有校外的杨国晋……对我鼓励有加，常常促膝长谈。是他们，用纯正的师道和爱心，提前在我命运的底牌上写上了三个字：真不赖。是他们，用默默的不计回报的付出，铺宽了一个少年前行的路途。这一切，构成了我对中学时代最温暖的记忆，让我对命运的宽厚深深感恩。有了他们，再窄的路，也能越走越宽。

1992 年，我参加了华夏青少年写作大赛。这可能是当时全国规模最大的一项写作赛事，由华夏文化促进会、宋庆龄基金会、《人民日报》、新华社、《光明日报》、全国记协等一百五十多家单位发起、协办，冰心、费孝通、穆青、任仲夷、魏巍、乔羽等一大批文化和政界名人担任顾问，海内外参赛者数十万人。我有幸获得一等奖。颁奖大会在人民大会堂举行，时任全国人大常委会副委员长雷洁琼和著名语言学家张志公为我们颁奖，央视《新闻联播》还播发了消息。在颁奖前的一天晚上，大赛的主要组织者、新华社高级编辑黄彦先生邀请几位著名文学评论家和名刊编辑为获奖者做讲座，诗歌评论家张同吾也在其中。同吾先生评点大赛获奖作品，讲到精彩处，突然问："邓凯同学来了没有？请他站起来一下。"我吓了一跳，涨红着脸，在满屋子获奖者羡慕的目光中站了起来。后来，同吾先生在他为我的诗集撰写的序言中，记述了这一段："我同邓凯的相识纯属偶然，如果静静思索寓于偶然中的必然，也许是耐人寻味的。去年我作为华夏青少年写作大赛的常务评委，在阅读经过筛选之后的作品时发现了邓凯，他的诗是很有才气的，有着很开阔的想象空间，有着很鲜活的意象营造，一般说来可以做到具体而不泥实，空灵而不浮泛，感情真挚，笔墨圆融，有一种小荷才露尖尖角的锐气和灵气。拿着他的诗稿，真有些爱不释手而又感慨系之。在这种心境支配之下，我满怀热忱给这位远在湖北大冶的中学生写了一封短信……信写好竟忘记发出，直到几个月后他作为华夏大赛一等奖得主来到北京参加颁奖大会时，才把信当面给他。他的诚朴谦逊，他在沉静中包容的激情，他在不张不饰中闪动的灵气，他的工稳而又飘逸的翰墨行书，都给我留下亲切美好的印象。我们曾并肩合影，那帧照片对于他和我都是珍贵的，它使我想起流沙河的诗句：（他和我）好比今晨的太阳与月亮……不该是我而是你，那鲜红的太阳，／不该是你而是我，那惨白的月亮。／我正在沉落，你正在升起，／我该是臣僚，你该是君王。"

我有十几年没有读到同吾先生这段文字了，这次重读，依然热血翻涌。今天，我一边摘录这么一大段文字，一边凭借这段文字，和九泉之下的同吾先生共同回忆过往，告诉他：我很想念他。

鲜花和掌声，装点着一个少年的人生之路。然而，宽广的大路突然收窄——高考来了——千军万马争相夺路的独木桥横在面前。

这是一个严峻的抉择——参加高考，还是文学特招？几年前，洪烛和邱华栋因为杰出的文学才能，被武汉大学破格录取，在全国文学少年中传为佳话，也激发了无数文学少年的梦想。在湖北大冶，一个梦想也在发芽。

有梦就追。行动起来！1994年春节刚过，我就抱着厚厚一摞发表的作品和获奖证书，而且全部是原件，坐长途汽车来到心仪的武汉大学，找到中文系主任家自我推荐，真的是初生牛犊不怕虎。系主任半信半疑地看着豪气干云的我，轻描淡写地说：资料放我这儿，我会把教授们分两个组评审一下，等消息吧。

回去之后，杳无音信。等待，让我变得越来越焦急。总不能在一棵树上吊死吧。我把个人自荐材料的复印件分别挂号寄给了北京大学、中国人民大学和复旦大学的招生办公室。之后又是漫长的等待，漫长得让人怀疑人生。我的怀疑不是没有理由——我就读的中学不是省重点，从来没有学生保送过。破格？这在我们全市都没有先例。没有人知道应该怎么去申请。

我怀疑自己走进了一条死胡同。应该记住这一个日子。1994年4月21日，下午。

正在上课，我趴在课桌上呼呼大睡，突然被同桌肘击，抬头一看，班主任石顺时老师红着眼瞪着我。糟了，要挨批了！忐忑地走出教室，石老师有些语无伦次地说：中国人民大学来人了，要见你！

后面的事，没有悬念。

二十多天后的5月15日，武汉大学招办主任、中文系书记一行四人，乘一辆皇冠，颠簸四个小时来到我的中学，听说人大来过，他们没做停留就返程了。后来，书记告诉我，其实已经计划录取我了，而且是本硕连读的人文科学实验班，只是学校人手不够，必须先去边远省份招生，本省的留到最后——就这样，我与我心心念念的、风景如画的珞珈山就此擦肩而过。再后来，北大招办主任也亲自回信了，希望来湖北黄石招生时约我见一次。他们如此心系一位素不相识的中学生，令我感慨至今。

实际上，中国人民大学决定破格录取我之后，通知书在湖北省招办滞留了一段时间。这又让我特别着急，担心会有变故。那的确是一段无助的焦灼的时光。但我很快振作起来，一趟一趟地从黄石到武汉，找到省招办。有一次恰好碰到招办主任，他正在看一封信，他有些讶异地问："你就是邓凯？中国作协创研部为你的事，还特地给我们来了一封信……"

1994年9月10日，我来到中国人民大学，成为这所学校的一分子，也再次见到尊敬的马绍孟先生。一年前的夏天，还在读高二的我，作为全国青少年北戴河文学夏令营最高奖获得者，从北戴河返回，路过北京，在黄彦先生的热情引荐下，拜访了马老师。那是一个星期天上午，穿过一片茂林修竹，来到他的办公室。他特地从家里过来接待我。他笑眯眯地慈祥地看着我，翻阅着我引以为傲的一摞"成绩单"，多年之后，常常回想起当时的情景，觉得自己不知天高地厚的少年豪气简直是一种冒犯，每每为马老师的长者之风而感动不已。

大学毕业前半年，我的老师杨慧林教授介绍我到《光明日报》旗下的《中华读书报》实习。在这里，我认识了时任总编辑梁刚建先生，一个有着杰出办报才能的编辑家。他极善于发现和挖掘实习记者的潜能，还能使之大放异彩。他以发现、培养、帮助青年才俊为乐——这真是一种高雅的爱好。我在很短的实习期内发表了大量的作品，为考入《光明日报》做了坚实的铺垫。

细思量，无论是宽路还是窄道，在我的生命中，一直有很多这样的可敬长者——今天人们习惯称之为"贵人"——在我看来，非富贵之人，而是精神高贵之人，他们注视着我，关爱着我，护持着我。而我们之间，从来没有一丝铜臭，从来没有利益交换，全然是清风明月一般。他们的风范，也深深影响了我，让我在工作中，尽我所能地挖掘、关心、培养后起之秀，以他们的成功为乐。

细思量，人生不过是宽路与窄道接续的旅途，遇宽处，尽兴疾行；逢窄道，定神侧身。看似山重水复，实则柳暗花明。反之亦然，宽窄由心。但凡心怀善念，再窄的路，也能看到无限的风景。

感谢封面新闻、《华西都市报》给我一个机会，第一次为自己前行的小半生做一个别样的"述职"；更为重要的是，在"宽窄巷子"里，向那些我生命中最为珍视的师长致敬。

叶脉上的路

◎ 傅天琳

傅天琳，当代著名诗人、作家，中国诗歌学会副会长，重庆新诗学会会长。出版诗集、散文集、儿童小说集二十部。作品曾获全国中青年优秀诗歌奖，全国首届优秀诗集奖，《人民文学》《诗刊》《中国作家》《星星》优秀诗歌奖，第五届鲁迅文学奖，冰心儿童图书奖，全国女性诗歌杰出贡献奖。已由日本、韩国翻译出版诗集《生命与微笑》《五千年的爱》。1988 年入选英国剑桥《世界名人录》。

　　一直走在一条宽宽窄窄的路上，这路是真实的，又是不真实的，是看得见的，又是看不见而仅仅只是感觉到的。

　　曾经觉得果园太宽了，每日荷锄迎送太阳，春去秋来，那地总也挖不完。每天要完成五分地定额，有时遇到一块特别板结或小石子多的地，汗流浃背挖到天黑尽了，都还剩下最后几十锄。

曾经觉得果园太窄了，十九年间，我们在一群树下打转转，没有走出过一棵树的滴水线。但我还是最爱缙云山，无论世界上有多少山。就是那个叫缙云山农场的果园，在物质和精神同样贫瘠的年代，用她仅有的不多的粮食和最干净的雨水喂养了我。一个刚满十五岁没读过多少书的青年，在山野获得了最初的诗歌启迪。

有了诗就有了眼界，诗有多宽，眼界就有多宽。上世纪六十年代，我就在那一棵树下，读到了梁上泉、陆棨、李瑛、严辰、严阵、公刘、雁翼、张永枚，跟随他们的诗歌去了天安门、太行山、大凉山、军营哨所以及南海，并多次重返杨柳村。

漫山桃红李白，而我一往情深地偏爱柠檬。一枚六十至七十毫米大小的柠檬，让我无端端联想到大海，因为它的汁液无比充沛，蕴藏的酸苦汹涌澎湃。它的内心是我生命的本质，却在秋日反射出橙色的甜蜜回光。那味道、那气息、那宁静的生长姿态，应该就是我的诗。

做人作诗，都从来没有挺拔过，从来没有折断过。我有我自己的方式，永远的果树方式。果树在它的生活中会有数不清的电打雷劈，它的反抗不是掷还闪电，而是绝不屈服地，把一切遭遇化为果实。

一本、两本、三本封面印着几朵红梅花儿的练习册，写满我青春的诗行。离开农场不久，诗集出版了。读者在厌倦了"文革"诗歌帮风帮气的那个时刻，看见了我。不早不晚，我出来得占尽天时地利人和。人们喜欢这些诗的清新、朴实，但我自己知道，作为诗，它缺少艺术性，几乎谈不上啥追求。什么感觉、意象、体验、洞悟这些词，我都是过了很久才认识的。

上世纪八十年代初，这些诗获得过两次全国奖励。在带给我荣誉的同时，还有一种特别不好受的感觉，荣誉被提前透支的感觉，我就像欠了别人很多钱一样，都不知道这辈子能否还得上。在当年给《诗刊》的一篇短文中，我写道：希望二十年后能写出真正的好作品，以赎回我的惭愧。长久以来，我一直怀着这种心情，一直渴望兑现自己的诺言。

那以后，在很多场合人们都称我为"果园诗人"。奇怪的是，我对于这个给予我很多荣誉并改变我命运的称谓却并不满意。时代给了我新的机遇和更好的写作环境，我以为我已经去过很多地方，写了比果园诗多得多的别的诗歌，仅仅是果园诗人，把我的线路框定在一个范围内，就太小了太狭窄了，我别的诗就被忽略了。

尤其是在我接纳新的信息试图有变化的时候，尤其是别人都在当全国著名诗人国际著名诗人而我才是个果园诗人的时候。很长时间我不知道什么是大，什么是小，什么是宽，什么是窄，什么是真正意义的好和不好。我认识不到自己的浅薄。事实证明，在心灵离开土地的那些日子，我的创作成绩平平。

我要感谢我的姐妹。不知不觉，姐妹们一个个都白发了。几十年来，她们没有抛弃我，没有因为我的一些变化和我拉开距离。勤劳、节俭和善良贯穿了她们生活的全部。而我自己，也并不觉得能写诗与她们就有什么不同。也正是因为她们的亲情指引，我才重新听到了这片土地的召唤：果园，请再次接纳我／为我打开芬芳的城门吧／为我胸前佩戴簇新的风暴吧／我要继续蘸着露水为你写／让花朵们因我的诗加紧恋爱／让落叶因我的诗得到安慰。

我回来了，从果园出发，到大海、沙漠、戈壁、天之涯海之角转了一圈，带着落叶和白发又回到了果园。回到果园就是回到生活的根。说来真是神奇啊，回到根的诗歌立刻就气韵充沛，就是落叶也能返回枝头。

我相信我的回来是灵魂和精神的回来，是越走越宽的回来。不是花三十元买张门票，作为一个旅游者去赏赏花采采果的回来。如果不能为这片土地而忧伤而歌唱，我就说不上是回来。

也不知是哪一天我突然就对"果园诗人"这四个字，听起来耳朵顺了心里舒服了。我做不了大诗人，也不去做。我只想做仅仅是我的果园的诗人，新出版的书，我要发给站立在风中的橘子树橙子树枇杷树桃树人手一册。我的读者都是叶子，已经成千上万。风吹过噼噼啪啪，那是它们的诵读声。

我这样想着想着，就觉得诗歌越来越真实，词语越来越安静，内心越来越辽阔。从缙云山岩石缝里沁出的一滴水，对于我就是永不枯竭的源泉：黄河都可以断流／它为什么不断／树根珍藏的一滴／琴弦拨动的一滴／神明的一滴。从一片飘落的叶子，我看见了一棵树的五脏六腑，看见了人的一生：飘，极尽辉煌地飘／它谢幕的姿态／多么从容、镇定、优雅／历尽万紫千红的旅行／就要静静地到达。回到园中，站在自己种下的树林里，我才会有这种感受：一滴汗，一滴善，一滴纯／毕生不能没有的一滴之轻／她如此沉浸于自己的忏悔／她在外面世界转了多久／全身裹满多少灰尘。

当听到老姐妹被两万块钱买断工龄时，我突然心痛，为什么会有如此生理反应，原来我们早就得了连体病：断了／四十年枝枝叶叶／在一个下午／嘎吱一声断了／骨头，根，断了／我的芬芳我的气息断了……进而我才会去写老姐妹的手：生命的手，神话中的手／

满手是奶，满手是粥／一勺，一勺，把一座荒山喂得油亮亮的／把一坡绿色喂得肉墩墩的……

我就是这样深信着我的果园，是富有女性气质的果园，芬芳的奉献的母亲一样的果园。世界上还有什么比叶脉上的路更遥远更宽广，甚至没有尽头；还有什么比母亲的胸怀更温暖更博大，甚至无需回报？我把我的诗读给老姐妹听的时候，她们都哭了，她们的认可已经是对我最大的褒奖。

又是一年春天，青藤一样葱郁的电话线传来喜讯。老姐妹在那一头说："开花了，快回来吧，果园又添新景。漫山的桃树、柑橘树、枇杷树，还有长长的葡萄架上，都挂着你的诗。"电话这一头，激动，欣喜，泪水涌出来漫过脚背，张口结舌，只会说好哇，好哇，怎么会这么好哇！

是的，日本电影有《幸福的黄手帕》，台北诗人有"刻你的名字在树上"，我立即想到它们。但那只是一棵，而我，幸运再次降临，我获得的是满满一座果园的爱情！这是泥土发给我最绿色最环保的奖牌，有了这些，今生今世，我还需要什么。

我给果园写了两本诗集，一本叫《绿色的音符》，另一本叫《柠檬叶子》。

龚学敏，当代著名诗人，《星星》诗刊主编，四川省作家协会副主席。1965 年 5 月生于四川阿坝藏族羌族自治州九寨沟县。1987 年开始发表诗作。1995 年春天，沿中央红军长征路线从江西瑞金到陕西延安进行实地考察并创作长诗《长征》。已出版诗集《九寨蓝》《紫禁城》《纸葵》等。

有一种宽叫作把水切薄

◎ 龚学敏

　　写过一首叫作《有一种宽叫作把水切薄》的诗。写诗自然有很多的写法，几十年下来，诗歌慢慢成了我认识置身的这个世界，包括人生的一种工具，或者一种角度。隐喻、象征、通感，甚至密码，是我用诗歌和之外的存在间达成的一种默契。诗歌与其说是发现，不如讲是更高一个层面的印证。世界大到用苍茫一词来形容时，便是一种没有边际的宽广，人的渺小会因为想象力的开阔而欣慰，像是找到了一条从未走过的路，一种狭窄的锋利，并且，乐此不疲。

说起宽，尤其用来比喻做人或是一个人的内心时，都会想到一些好处来，甚至一些褒意的词。其实，想到仅仅是想到而已，与真正的宽是无关的，与自己是无关的，如同写诗一般。多年前，包括现在也是如此，知道自己的诗该朝着那个方向写，那个高处写，自己笔力的不足也是明白的，终还是没法抵达。这是宽的无奈，也是窄的坚韧。

打小时候开始，有一件事让我一直纠结不清。几乎所有的课程在当时的课堂上我都是听不懂的，过了一二十天，又自然而然地懂了。这里面尤其以数学，和需要背下来的课程为最吊诡。遇上辩证法这样的词，就需要更长的时间来理解。像是一锅饭，老师开讲是下米，然后，自己慢慢煮，时间到了，自然就熟了。回过头来想，真还不敢保证给我们上课的老师自己懂没有。我上的初中是农村那种戴帽子的小学，那时的老师们大多没有经过现代意义上专业的培训，多是知道一是一，便在课堂上给我们讲了一的老师，不管二的事儿。这一点又以英语老师为最，老师很认真，可是他只在他读中学时学过俄语。这样的开始，直接的结果就是我高考时英语几乎零分。还有一个阴影，到现在都困扰着我，我从来不敢在公共场合大声讲有限的几个英语单词，甚至字母。

辩证法这样的大词，除了死背下它的定义之外，过了很多年，对于我而言，都是恍惚的。直到现在，提到辩证法，脑袋里条件反射，出现的也就是朴素的"一分为二"四个字。更不要说，后来又加了两个字，叫作唯物辩证法。

世事想必都是如此，没有清清楚楚的。后来，又出现了作为唯物的反面对象接受批判的唯心主义。人心都是不同的，自然万物也就被表述得不同了。很多的事，即使唯物，也是说不清的。比如，宽与窄。如果再加上人心，指鹿为马也不是不可能。还有自以为是，还有以假乱真，还有欺世盗名。

水是无形的。关于水的定义，想必古今中外的说法都可以编一本辞典了。如果哪位有心人能做成此事，倒是一件好玩的事，算是一等一的闲书了。闲书的意义，一是要读着好玩，二是要有出其不意的妙招。这妙招倒像是武林高手随手使出的闲招，功力不到的人，是万万想不到它会致命的，也读不懂。诗也如此，一句貌似很远的话，会让人内心深处一紧，被电击中一样，一个寒战。这效果，便是诗歌创作的境界，便是大开大合。也就是对宽窄的拿捏。说到关于水的定义的闲书，我想它会一直厚下去，一直伴随着人类对自然和自己的认知领域不断地扩大。比如，水由氢和氧构成，之前的人是无法想象的。物的水尚且如此，更何况由心而生发的诗歌。这便是我不愿意争论什么样的诗才是好诗的缘故。诗歌某种程度上是一种方向，是一个人靠近诗本质的努力。这是人类知道途径，而永远不可抵达的。不要轻易说别人写的不是诗，诗的可能像水一样，因为无形而无所不能。关键在于你呈现出来的文本是不是只有你一个人发现的。这一点重要到可以推倒很多人一生的写作。诗歌在某种意义上的残忍也在这里。当然，它的容易则在于许多带有情感色彩的文字，一经分行，便有了大众意义上的诗歌形式。这一点不重要，重要的是它离人类尚未发现的诗的意义有多远。就像是说宽与说窄一样，同样不重要，重要的是你用什么来和它比较。

大开大合不是一种创作手法，它是诗人对待世界的一种态度，一种做人的境界。这一点，装是装不出来的，就与对宽窄的认知一样。宽窄是奇妙到让你没法下结论的一对貌似矛盾的辩证存在。因为所有倾向一方的肯定，换个角度都是不存在的。

年轻时刚开始学习写诗，听到老师们总是讲打开，现在细想，这已经是诗歌写作中最好的教材了。情绪需要打开，想象力需要打开，最重要的是做人的格局需要打开。时至今日才懂得，这种打开就是对宽窄的度的把握，是一切写作存在意义的根本，像是需要找到适合自己的兵器。

说到宽，想想有些词本就是为了否定自己而存在的。比如，取之不尽。世上本没取之不尽的事物，包括时间。小学四年级之前，我是在一个现在看来距县城很近的小山村读的。那时候到县城，我骑过一次马，用了半天的时间。距离可以用时间来形容，更让人不能忘记的是用屁股被硌疼后左右腿换着承受身体重量来回的次数来计算。前两年专门坐车回去了一趟，学校修成了小洋房，因为是澳门地区的援建，一见面便觉得很洋气。之间的时间，感觉很薄，薄到一捅就破，而又永远也不会破的程度。这种薄慢慢地摊开，成了一种宽，宽到可以任意安顿自己的童年。村子后山的树林是小时候去得最多的地方。村里人把现在认为的保护生态环境、抵御自然灾害而植的树叫作神树，把环抱村子的后山称为神山。落叶和松软腐殖土很厚，厚到一脚踩下去，有踩在厚厚的雪地里的感觉。这样的密林给我最早关于世界的认知。我把听大人们讲的故事，和自己在连环画上看到的人物和事件全都放在林子里，给凡人划地盘，给妖精指定枯树的洞作为它们的洞府。遇到像动物的石头，就给它们命名，然后让它们帮我管理在大人眼中一脚就可以毁灭掉的世界，最朴实的童话的世界。这是一个密封的世界，从某种意义上讲，后山构成了现实生活中物质贫瘠的我在精神方面的疆域，一种不真实的宽。或许，这才是我写的第一首诗。我现在依然认为与自然的亲近是一个写诗的人接近诗歌本质最有效的方式。甚至在社会分工，包括艺术的分工越来越精细的今天和未来，诗歌最可能承担一种负责人的心灵与自然沟通的职责。后山的树林，以及小时候的环境与生活状况，肯定影响到了我的写作。我迄今都还固执地认为汉语、汉字是最适合写诗的。这与象形文字的天性有关，每一个汉字都可以在自然和人的内心找到一个准确的位置和命名，这也是诗歌的职责所在。童年苍茫过来，像是可以覆盖和笼罩我们成年后的所有，以及我们的未来。这种宽无边无际，没有人能够看透。但是，有一点不同的是这种宽有时候会变得很尖锐，如同一柄锋利的刀，可以刺穿我们的理性不能到达的所在。这是窄的优势。当我们关注窄的锋利时，像是鸟喙，走在飞翔的前面，引领羽毛，引领风，引领宽。

"有一种宽叫作把水切薄"。与此同时，"水的狭窄被用声音磨刀的人，噙成了时间的暗器"。有一种观点，哲学在当代已经完成了它的使命，科学依旧在发展。如果是这样，写作意义上的大开大合，以及宽窄之道是不是更应该逼近自然本身？也许，真有一天，人们会用诗歌来抽象整个世界，包括人类的情感。当然，这需要时间，和农耕文明、工业文明……这之后我无法想象到的各种文明，关键是它们之间，质的嬗变。

何开四，1944年生，四川泸州人。笔名夏文、晓西。1968年毕业于北京大学图书馆学系，1982年毕业于厦门大学中文系，西南交通大学兼职教授。中国作家协会会员，文艺评论家、作家，享受国务院政府特殊津贴，四川省作家协会名誉副主席，鲁迅文学奖评委，茅盾文学奖评委，全国少数民族文学创作"骏马奖"评委，全美中国作家联谊会顾问。曾任《当代文坛》主编、四川省作家协会副主席、四川省文艺评论家协会主席等职。与魏明伦、苍山牧云被《中华辞赋》杂志合称为"辞赋三大家"。

◎ 何开四

人到窄时 一定是宽的临界点

在我看来，宽窄类似数学中的空筐结构，有丰富的语义和广阔的诠释空间。在不同维度的空间和不同语境中，得到的结论是大异其趣的。也许它会成为当代阐释学的一个重要课题和难题。

如果从形式逻辑的角度看，宽窄是一个度量和三维空间概念。宽窄是恒定的，宽就是宽，窄就是窄；宽大于窄，窄小于宽，两者是不能混淆的。以成都著名的宽窄巷子而言，就可以看出其中的端倪。宽巷子以前称兴仁胡同，窄巷子称太平胡同，民国后，改胡同为巷子。据资料记载，1948 年一次城市勘测中，传说当时的工作人员在度量之后，便随手将宽一点的巷子标注为宽巷子，窄一点就是窄巷子。传说确否，待议。但我想，当时的测量人员是不会有哲人之思的，就是根据长短而定。

走过窄处更为宽阔

现代人多谈辩证而忽略形式逻辑，我觉得是有偏差的。形式逻辑作为研究思维形式及其规律的科学，同样值得我们重视。它也是人们认识事物、表达思想时经常运用的一种必要的逻辑工具。其中它所涉及的概念、判断、推理，依然在我们的日常生活和研究中发挥重要作用。而且我们还要看到，形式逻辑里也存在辩证的因素。比如概念的两个方面是外延和内涵，外延是指概念包含事物的范围大小，内涵是指概念的含义、性质。它的规律是概念的外延越大，内涵就越小；反之，内涵越大，外延就越小。以人为例，人的外延就大，但很空，而张三李四王二麻子作为具体的人，外延就小，但内涵就大。如果把大小置换为宽窄，它也同样成立。所以也不能把形式逻辑和辩证逻辑对立起来。

当然从辩证法哲学谈宽窄，深入堂奥，我们就会进入另一种境界，更多思考的是两者矛盾间的美感、对比和转化。宽窄其实是矛盾体，它超越了形式逻辑上的范畴。它已经不是一个恒定的存在。它是矛盾的，但可以转化，你中有我，我中有你，也具有矛盾的同一性。所以有些时候人们认为的"宽",其实也是一种"窄"。就像佛家所言"纳须弥于芥子",就富于哲学的思辨。"须弥"是印度神话中至高至大的山。山而纳于米粒大小的芥子之中,于是,再广阔的宽,都可以用窄来表示;再微小的窄,也会容纳出无限的宽。寸有所长,尺有所短,大千世界就是这样扑朔迷离。我认为,在中国古代哲学中讲宽窄最好的是老子,"天下皆知美之为美,斯恶已。皆知善之为善,斯不善已"。两千多年前,老子在《道德经》中曾写下这一段话。到了今天,这段话仍给人们留下无限的深思和猜想。钱钟书先生对这段话有如下的阐释:

> 知美之为美,别之于恶也;知善之为善,别之于不善也。言美则言外涵有恶,言善则言外涵有不善;偏举者相对待。斯宾诺莎曰:"言是此即言非彼";"有无""难易"等王弼所谓"六门",皆不外其理。此无可非议者也。

钱先生的阐释,把"美恶""有无""难易"等相辅相成的关系从哲学和语义学的角度做了精辟的论述,其本质上都是在讲一个宽窄的相对论问题。这个句式,其实放在宽窄之中,也是完全可行的。天下皆知宽之为宽,斯窄已。皆知窄之为窄,斯不窄已。在我看来,宽窄还可以做一种更高的超越。《金刚经》有大量类似的句子:"所谓佛法者,即非佛法"。与之相应则是:"所谓宽窄者,即非宽窄"。这接近于钱钟书《管锥编》中所说的"冤亲词",两个相反的语义构成,产生新值。我们常说的"痛快"就是一个例子。总之宽窄深意满满,有待于发现。现在"宽窄"在四川语境中成为一个热词，报刊用，企业用，市井用，各取所需。我希望此词能像"雄起"一样成为四川的一个符号，并介绍到老百姓那里去。

宽窄中所蕴含的哲学意义，其实放在人生之中，也同样适用。人的一生匆匆数十载，岁月沉浮中也会历经世事。而宽和窄就像是人生中一定会历经的阶段。然而什么是宽、什么是窄？更需自己来评定。人们都觉得，人生顺利时是宽，不幸时是窄。只是，宽和窄不是绝对的，有些时候窄处可能比宽处来得容量更大。人生起起伏伏，你自认为本来道路宽敞，但是遇到很多磨难之后，你会觉得人生路很狭窄了。但走过窄处，人生就会变得更为宽阔。"山重水复疑无路，柳暗花明又一村"说的就是这层意思。宽中有窄、窄中有宽，人生本就是宽窄并行的。

船出峡湾江面浩荡

我生于 1944 年，今年已经七十四岁了，一生中，也无数次面临着宽窄的转变。少年时期，我考入北京大学图书馆学系，正是处于"春风得意马蹄疾，一日看尽长安花"的宽中。但是不想，在北大学成之后，却只在家乡泸州市的某中学中担任一名普通的语文老师，满腹的雄心壮志无从实现。那时我的人生很窄，如果我一蹶不振的话，可能一辈子都那么过了。但是我趁那个时候读了很多书，读了《史记》《汉书》等等。我在史书中悟到一个哲理，那就是人生遇到窄时，一定不要气馁，挫折之后，是更宽阔的人生道路。粉碎"四人帮"后，由于有相应的准备，很快就考上了研究生，开始了新的人生征程。

在我的写作生涯中，也同样遇到宽窄的问题。我写《三国源赋》就深有体会。《三国源赋》是写陈寿《三国志》的成书及其评估以及由此说明三国文化源于此书。写作时由于案头工作较充分，前面部分一马平川，可谓宽矣。但要说明《三国志》为三国文化之源，则难矣哉。因为毕竟三国之实才是三国之源，瓶颈之窄，难以突破。冥思苦想后，我终于从钱钟书名实论中的"未名若无"里得到启发，即人是能创造符号的动物，如果没有陈寿《三国志》之名，即便有三国之实，而安能后传焉。于是，我在评述完陈寿《三国志》的四大业绩后，写下了这样一段文字：

> 凡此四端，亦其书之一斑也，焉能概其全哉。厥功千古，风华百代；卓立史乘，良有以也。后裴松之之详注，三国史之研习，罗贯中之《三国演义》及三国文化之流播，皆以之为圭臬，承其绪，扬其波，而其源盖出于陈寿之《三国志》也。本末之辨，源流之分，判然若是，不言而明。或曰，名实之辨，实先名后，名实相符，名副其实。无三国之实，何三国之志，何三国之源哉？斯亦腐儒之论，迂阔之言也。三国之实，历史之实也。悠悠岁月，逝者如斯，"清景一失后难摹"；历史湮没草野，后人岂能复见。端赖良史存其真，传其后矣。人者，符号之动物也，钱钟书先生识其堂奥，有"未名若无"之论。名者，符号也，文献也，史乘也，学术之范畴体系也，人类认知大千世界之重要津梁也。实之固在，然无名以命之，则思之何由，识之何从，而实安在哉？陈寿之《三国志》乃以

名复实之翘楚也。三国之源，万古流芳；陈寿业绩，百代

彪炳。

　　此段论述，从新的角度厘定了三国之源的合理性，使文章由窄
而宽，如船出峡湾，又是江面浩荡了。

　　总之，人生一定有宽有窄，没有一帆风顺的人生，也没有完全
步履维艰的人生。当人们遇到窄的时候，一定是宽的临界点。你遇
到麻烦的时候，其中一定蕴含着超越以前的东西。我们常说"挑战
与机遇并存"，麻烦里面蕴含着最大的机遇。一个人的一辈子都是
宽，那是不存在的。只考虑到宽，没有为窄做好准备的人，一定拥
有的是不真实的、失败的人生。不断从宽走向窄，再由窄迈向宽，
这是人生需反复历经的过程，当然这种由宽向窄，由窄向宽的过
程，不是平面的线性铺陈，而是螺旋式的上升。当你遇到窄时，其
中蕴含的宽一定比之前更上一个层次。所以说，不管是从哲学上还
是人生上，宽窄都给予我们很多的思考和启发。

侯志明，内蒙古人，曾在沈阳矿务局、新华
社辽宁分社、新华社四川分社、四川绵阳、内
江、峨眉电影集团工作。系中国作家协会全委会
委员、中国电影家协会会员、中国电视艺术家
协会会员，曾参与制作影视作品《天上的菊美》
《邓小平遗物故事》等。文学作品散见于《人民
日报》《人民文学》《钟山》《天津文学》《人物》
《青年作家》等报刊。出版有散文集《行走的达
兰喀喇》。现任四川省作家协会党组书记。

◎侯志明
人生无处不宽窄

　　外地朋友来成都，我第一个推荐的去处就是宽
窄巷子。这里是成都的文化地标，包容了成都几乎
所有传统的现代的文化。但我不经常去，因为我去
了就发蒙：本来走在宽巷子里，人一多就以为自己
走错了——走的是窄巷子；而走进窄巷子，人一少
又觉得错了——走进了宽巷子。其实物理意义上的
宽窄巷子是从来没变的，变的是因当时的氛围而引

发的心情和感受。

有一次，急匆匆赶个饭局，不知道置身何处，问街边坐着的一位男子："这是宽巷子还是窄巷子？"没想到男子告诉我："这是井巷子。"从此我才知道，和宽窄巷子并排的还有一条巷子叫井巷子。

我认为，宽窄巷子只应该在成都，放到其他地方不合适。换句话说，是成都的文化孕育了宽窄巷子，滋养着宽窄巷子，其他的文化土壤上长不出宽窄巷子。人们喜欢成都，喜欢宽窄巷子，是因为独特的文化，而这种文化同时又超越了地域。

如果说物理上的宽窄并不复杂的话，哲学上的宽窄却并不简单。

曾国藩说，自己天分不高，一生走的都是窄路——笨拙：读笨书、打笨仗、想笨法。可是，看曾国藩的成功一生，我们完全可以认定，他走的是窄路，但最终走向了宽处。他告诉我们一个深刻的哲学命题：任何事物的两极都是相通的，宽窄也不例外。这说的就不是物理意义上的宽窄了，而是哲学意义上的宽窄。

有一年在北京学习时，一位教授讲了一个引以为豪的幸福故事：他在北京结婚安家后，把农村的老母亲接来同住，一家人其乐融融。他很以为幸福自豪。但起初几年实际上很不和谐，主要原因是婆媳关系不好。但婆媳关系不好主要是他的问题。他开始总要求妻子对老人必须像对他一样，但妻子怎么努力也做不到，为此他们吵过闹过。吵了一两年也没解决问题，于是他问自己的问题到底出在哪里？经过反思，他认为自己错了。他不应该对妻子提出一样的要求，因为母亲生了他，但没有生妻子。母亲死后，法律规定继承遗产的是他不是妻子，母亲晚睡，多数时候等的是加班的儿子，不是媳妇……更何况，他对妻子的双亲也难比妻子，权利不对等，关系不对等，为什么义务要对等？推己及人，明白了这个道理后，他对妻子的要求标准降低了，这一降低，得到的是和睦和谐。他说："唯宽可以容人，唯德可以载物，过去要求人太窄，总也走不到宽处。"

我想，这位教授的故事很好地阐释了宽窄与人生的意义，尤其是宽以待人的重要。《菜根谭》中有句话：处世让一步为高，退步即进步的张本。待人宽一分是福，利人即利己的根基。恐怕说的就是这个道理。

前些年，看完《雍正王朝》后我写过一则日记，是有感于四阿哥焚烧"百官行述"的事。大家知道，所谓的"百官行述"不过是一些人为了斗争的需要弄的事，是一些也许真也许假的告状信告状折子罢了，阿哥们知道后如获至宝，以为这下可抓到他人的把柄了，可以要挟他人打压他人了，可是到了四阿哥那儿，一句话"谁也不许看，烧掉"。要知道，雍正那时还是个阿哥，连候选太子都不是，按一般人理解，这是多么好趁此打击对手强大自己的机会。可四阿哥想的是朝纲朝纪、家国天下，看都不看，烧了！我感叹：这该有多宽的心呀。于是我连续写了几个赞赏的字"非凡、非凡"。其实，宽和窄从来是共生的，在他对人宽时，实际上对自己是窄的，没有对自己的窄，恐怕他后来也不会成为一代圣君！

"宽"《说文解字》上解释从"宀"，"苋"声。通俗地说就是房屋大得可以长草。《康熙字典》解释"宽"为"爱也，裕也。又舒也"，解释"窄"为"狭也，迫也，隘也"。

卢梭说："忍耐是痛苦的，但它的结果是甜蜜的。"常人看到的宽也许很窄，常人看到的窄其实很宽。面对宽与窄的抉择时，起作用的恐怕有二：一是品行修养，二是推己及人。

人生无处不宽窄，其实，宽不一定就是好，窄也不一定就是坏，就像高低轻重粗细大小无对错好坏一样，尺有所短寸有所长。今天我们常说，要严以律己、宽以待人，实际上说的是，前者的窄是一种美德，后者的宽也是一种美德。武侯祠有副名联说，"能攻心则反侧自消，从古知兵非好战；不审势即宽严皆误，后来治蜀要深思"。国如此家亦如此。过来的人有体会，实际许多普通家庭（非普通家庭不在内）日常矛盾多是些鸡毛蒜皮的事，诸如谁做的饭多了，谁做的饭少了；谁顾的家多了，谁顾的家少了，等等。其实多大个事？懂得人生无处不宽窄，待人以宽、待己以窄，这些事都会得到很好的解决。换来的是愉快和谐幸福。

胡弦，现居南京，《扬子江诗刊》主编。出版诗集《沙漏》《空楼梯》、散文集《永远无法返乡的人》等。诗作曾获《诗刊》《星星》《作品》《芳草》《文学港》等杂志年度诗歌奖、柔刚诗歌奖、腾讯书院文学奖、花地文学榜年度诗人奖、十月文学奖、鲁迅文学奖等。

宽窄巷子记

◎胡弦

去成都，如果时间来得及，我会去宽窄巷子走走。一则自己喜欢去，二则吃茶、宵夜，或闲逛，朋友也会引了去。

闲逛，或者不如说挤挤更确切，因为人太多了。我其实是喜欢清静的，不太喜欢凑热闹，但到那老巷子里凑热闹，却喜欢。

我想，世间的热闹总是不一样的，我喜欢凑，一定是这热闹与我契合。人置身热闹中，心里不挤，就是好的。

宽窄巷子是一片老街区。我现在的住处类似山居，但我更怀念原来住的老街区，虽然它不像宽窄巷子那么有历史，只是处在喧嚣中的一片市井，可惜已卖掉了，等于把那份热闹也一同卖掉了。

老街区不但方便，熟人似乎也多得多，散步理发下棋买零食，或朋友来了到某个小馆子坐坐，都很舒适。

我并没有被那种热闹带走，作为一个写作者，我有时类似旁观，类似沉默地穿过那份热闹。因为，清寂也有副作用，在老街区如果习惯了，那份温热更类似生活的元气。

我也同样喜欢静默旧物。山水、古城、庙宇，或某件有来历的小物什，我同样流连。俗语一粒沙里看世界，而吊古尤其如此，每个旧物都像一个重新打量这世界的窗口，其中所见，滋味大有不同。

或者，我对宽窄巷子的喜爱，因它同时兼具了我的需求吧。

宽窄巷子由宽巷子、窄巷子、井巷子组成，原是清代老城的一部分。康熙年间，千余个蒙满八旗兵丁在平了准噶尔之乱后，驻守成都，就在原来少城的基础上修了座满城。

宽窄巷子都在城中，不过它们当时还不叫这名字，叫胡同，有点老北京的味道，现在已是北方的胡同文化和建筑风格在南方的"孤本"。

满城是外人禁入的，直到满清没落，百姓才得以自由出入，于是各种铺面陆续开张，旗人家产也多有转卖，城墙也拆了，形成了旗人后裔、公卿布衣、贩夫走卒同住的格局。

到了民国时期，一些达官贵人来此辟公馆，于右任、杨森、刘文辉都先后定居在这里，使得这些古建得以保存。也是在民国期间，胡同的名称改成了巷子。

不过，过分的怀旧总是有害的，那缕被称为思古的幽情，并不足以保佑人们现在的生活。但不时地遥望一个掺杂了我们想象的过去的时空，是人的天性——我们总是希望看清一个地方的前世今生，特别是，它可能带来真正的相遇，并成为我们生命的一部分。

所以，我们最好处在那交汇之处，既在生活中，面对的是现在，却又同时瞥见了更多，类似于目接与心游同行。这，就是我们需要的特殊视力吧。

宽窄巷子是热闹的，它就在我们的生活深处。但这里除了古建筑，除了只能在文字里看到的一条金水河，更多的是带着浓郁生活气息的活化石，譬如美食三大炮、钵钵鸡、兔头、夫妻肺片；譬如茶馆里的掺茶、街口的掏耳朵；譬如蜀锦、银饰、涂鸦……

古，在这里是有生命的。

喝茶泡吧吃火锅，感受悠闲和生活的真滋味，这种实实在在的热闹，让人审视沧桑的同时，也能以之抵御人世变迁的苍凉。

站在人间低处，既脚踏实地，又时时神游物外。不但是这几条巷子，即便巷子里的一个物件、一个摆设，都有这种引人遐思的功能。我在巷子里看到嵌在墙上的铜马，就像看见了无穷远的路途，看见了远方。

记不得是谁说过，万物的命名，来自人类的霸道。说得好！宽窄巷子的命名也有点这种味道。

这里的三条胡同，在民国时的一次城市勘测中，有个人在度量之后，便随手将宽一点的那条标为宽巷子，窄一点的那条标为窄巷子，有水井的那条标为井巷子。

这里边，除了霸道，还有种让人忍俊不禁的任性。而正是这可爱的任性，使命名者虽已消失在历史中，巷子的名称却保留了下来。

一个名不见经传的小人物的一次随意标注，如今看来，竟像一件大事，且影响深远。

任性，真的是个好词儿。勘测度量要的是精确，而这其中的情趣，却恰恰且只能来自命名的任性。

想一想在宽窄巷子，在成都，在我们身边，有那么多东西都来自任性。

譬如火锅，历史虽长，但现在流行的这种，却来自川渝地区码头工人的乱炖（此一乱炖，或者还含有生活中的不得已）。

火锅以辣为王，为何？也许，因为辣是各种味道中最任性的吧。辣有点像闪电，能一瞬间劈开人味觉里迟钝、黑暗的部分，甚至惊醒了你身体里最偏僻角落里的细胞。

天下的好味道，都是既简单又丰富的，大约因为这种原味的辣有点过于凌厉，人们又对它进行了改造，如跟花椒结合就生出了麻辣。除了麻辣，尚有香辣、酸辣、糊辣以及红油味、陈皮味、鱼香味、怪味、家常味、酱香味，等等。

合成后的辣，香辣聪明伶俐，红油辣雄健放达，糊辣大智若愚。这样的合成，也有任性的成分吧，却又像人生的教科书，对应着味觉，也对应着我们对生活之道的领悟和突破。

每次到成都，火锅是必吃的，对于我脆弱的肠胃来说，每次都是严峻的考验。但美味当前，严峻的事都是小事，所以作为食客，恐怕没有谁是不任性的。

譬如掺茶师表演的"龙行十八式"。这种茶技，据说是熔茶道、武术、舞蹈、禅学、易理于一炉。我道行浅，看不出禅学易理，舞蹈和武术倒看得清楚。

师傅一把长嘴壶在手，翻转腾挪，景驰浪奔，真的像一条游龙，令人目不暇接，心动神摇。为表演者担心，可他又总能准确地将水线注入杯盏中，真是神乎其技。

就是斟个茶，用得着这么夸张吗？当然，文化和道，不正是来自这种夸张吗？而且，听说这种茶技，乃是蒙顶山的一位高僧所创。大师深居山中，结庐清修，要的是个静字，却为何在斟茶上大动干戈？或者，它来自高僧心底的莞尔一念，也可能来自藏在易理之外的某种感情用事吧。

在川中，还有许多任性的东西。

像川剧的变脸，脸谱，本就是任性的夸张，而变脸，撇开技艺的秘密，又有种扑面的浪漫。和这种浪漫相比，我甚至觉得每张脸谱特定的含义倒不那么重要了。

各种美食和关于它们的说道也是如此，譬如伤心凉粉，因为它够辣，吃得人掉眼泪，甚至出汗冒烟鼻涕直流，一副伤心模样。这哪里是伤心，分明是来自命名者心底的幽默和天真烂漫。

不久前去成都，在城中的某个饭店吃饭，看到店门前有一架老水车在转动。水车，属于我的童年记忆，它咿咿呀呀，兜起清水，缓慢的节奏，渗入农事的骨节，所以，在城市深处看见水车，该算是一件稀罕的事。

我走近了观察，看清楚了，它差不多有半间房子那么大，电动的，下方是一个水池。水车翻起的水，并没有流向沟渠之类，而是重新落在了池子里。

是的，它古老的实用性早已消失，现在变成了一种一抬眼就能看见的野趣，勾起食客对农耕时代的怀念。但这无疑是对的，我想起舒婷的诗句：我是你河边上破旧的老水车，数百年来纺着疲惫的歌。

现在哪里有疲惫的迹象，那水车转得欢着呢，感觉是远离了古老的农事，它甚至已处在一个更新鲜更灵活的状态。

还是那次的成都行，在宽巷子的小店里，我买了两盒香烟，烟的品名就是宽窄。忽然想到，宽和窄，除了商业经营，这里面，似乎还含有某种辩证。

其实，宽巷子比窄巷子宽不了多少，自然窄巷子比宽巷子也窄不了多少，我就想，宽和窄，缺了其中任何一条，这老街区也许就不那么红火了呢。

正是命名夸大了宽和窄的差异，又从中取得了某种平衡，使两条巷子竟似有了相互依存的关系。这玄妙，应是当初那个粗疏的命名者没有料到的吧。

现在，每个城市里似乎都有一条或几条类似宽窄巷子这样的老街区，像长沙的火宫殿，南京的夫子庙，北京的烟袋斜街、南锣鼓巷，等等。

虽依附的地方文化不同，但由于建设的模式化，很多人对此有了微词。不过，不可否认的是，这样的地方，仍是游客麇集之地。

巷子，总比车辆飞驰的大街更有味道。况且，这样的街区里，时光仍有其慢的遗存，走在其中，像沉浸在生活深处，又像在慢慢穿越晦明交错的光阴，穿过活着的、生气盎然的博物馆，带着愉悦。

霍俊明，河北丰润人，诗人、批评家。工作于中国作家协会，著有《转世的桃花：陈超评传》等十余部专著。曾获《诗刊》年度青年理论家奖、第二届草堂诗歌奖·年度批评家奖、第六届"我最喜爱的河北十佳图书"、首届金沙诗歌奖·2018年度诗歌批评奖、封面新闻"名人堂"年度十大好书、第十三届河北文艺振兴奖、第十五届北京市哲学社会科学优秀成果奖一等奖、扬子江诗学奖、扬子江双年奖、"后天"双年奖批评奖、《山花》年度批评奖、《星星》年度批评家奖等。

从极窄处迸涌出的热泪与光芒

◎霍俊明

多年前的一个黄昏，我隔着办公室的毛玻璃望着窗外那棵近百年的绒花树（合欢树）正开放着一层一层红色的花朵，突然就想到了自己的命运。

古人讲："小大由之，有所不行"，而我则认为"宽窄由之，身体力行"。无论是和谐处世还是格外留意人心渊薮和艰难世事，我觉得都应该矢志不渝、身体力行、尽己所长。这样，即使是最窄之处也能最终迸涌出光芒，而往往在此过程中你要能够经受无比冷彻、痛苦的严峻时刻。葡萄牙诗人费尔南多·佩索阿说"我们活过的一刹那，前后皆是黑暗"，而我却从来不是这样的一个悲观者和虚无者，这可能也是作为白羊座的人比较乐观、旷达、勤奋和倔强的原因。

纳兰性德说"飘蓬只逐惊飙转"，而多年来我耳畔时常回响的还是杜甫的怅怀之音——"飘蓬逾三年，回首肝肺热。"（《铁堂峡》）我们往往把人生比喻为一条河流，无论是狭窄处、宽阔处，还是水流平缓处和湍急旋流处都暗含了人生的每一次转机和转捩。

今年夏天，在由北京开往天水（古称秦州）的高铁上，我一直回想着公元 759 年天下大旱之际辞官不久的杜甫流寓时所作的《秦州杂诗》——"何时一茅屋，送老白云边"，凝视着杜甫漂泊不定一生的流徙行迹图——从秦州经同谷往剑阁入成都，人生暮年又流落夔州、公安、岳州以及潭州、衡州……杜甫在人生极窄之处迸发出来的正是人性的光辉、伟大汉语的光辉以及忧国忧民的诗史的光辉。

2007 年秋天，我第一次离开北京前往蜀地，当我站在黄昏时人流如织的宽窄巷子，几乎没有人会想起在 1948 年的一次城市勘测中，测绘人员在度量之后便将其中宽一点的巷子称之为"宽巷子"，窄一点的那条自然就成了"窄巷子"。后来回想，那时三十三岁的我已经难得地进入了人生的平缓期，而此前的十几年间我一直处于人生低谷，比较起来，童年期和成长期的贫困、饥饿感以及劳累无比的乡间农活已然算不得什么苦难了。

当 2000 年夏天我以研究生考试第一名的成绩站在河北师范大

学陈超老师面前的时候，陈老师不会想到我已经历了那么多意想不到的挫折。心性太高、恃才傲物、愤世嫉俗、眼里不揉沙子的年轻人如此不谙世事，又如何不四处碰壁呢？

1996年大学毕业那年夏天，我先是到一个乡镇初级中学担任了两个月的语文教师，后来又转到另一所高中。我的语文课受学生欢迎的程度就不自夸了，但是我的教学方法和理念与当时整个学校教育体制几乎格格不入。一年之后那个患了肾结石的校长还想把我调到别的学校去——那时完全由校长一个人把握着生杀大权。后来，勉强留下来还兼管学校的考务工作以及图书馆，经常坐着颠簸的公交车甚至三轮车往返于县城和学校。当我用特大号的钥匙打开学校图书馆大门的时候里面到处都是尘土，呛得人咳嗽不止。我是用了整整一星期的时间，一盆水一盆水地清洗。1999年春天，我二十四岁（现在想想多年轻啊），儿子已经出生几个月了。从那时起我决定以专科毕业生的学历报考硕士研究生。那年我参加了专升本的考试且成绩突出，当时河北师范大学中文系有停薪留职、脱产学习的名额。一天上班后，我找到了校长说出脱产进修并考研究生的想法，我至今清楚地记得他说的刺耳的话："那么多本科生都考不上，你一个专科生要是能考上你自己相信吗？"

1999年8月底，冲破重重阻碍的我终于坐上了从唐山开往石家庄的绿皮火车……那年冬天石家庄的大雪一场接着一场，像极了我前途未卜的严峻时刻。

在一场大雪中我回到了冀东平原的小村庄，准备即将开始的研究生考试。冰天雪地中迈进院子的时候我感觉一切都很陌生。一进屋，儿子正坐在炕上吃东西——他刚刚学会摇摇晃晃地走路（因为走路不稳磕碰了一下导致脸颊还有伤疤未好），还流着鼻涕，小手漆黑。他已经有几个月没看到我了，他还不会说话，看着我愣了大约两三秒的时间，好像认出我是他爸爸，赶忙把他手里攥着的黑乎乎的东西往我嘴巴递过来。当时的情形你能形容吗？更多是对家人的羞愧，百无一用是书生！

一大早出门赶路，路上结着厚厚的冰，光可鉴人。我回头看着风雪中的母亲和儿子是一种完全说不出滋味的感觉，确实有些悲壮。我已经没有退路了，如果考不上，正应了那位校长和同事们的话，我如何再回原单位上班……

在那一刻，我不知道自己的命运何去何从。因为路面冰雪太滑，我从村子北面开始穿越积雪覆盖的麦地深一脚浅一脚地走，当时我要去沙流河镇上坐公交车。走着走着，突然从西边跑过来一只草黄色的野兔，蹦蹦跳跳地转眼就不见了踪影。后来我才读到了米沃什的那首名诗《偶遇》："突然一只野兔从道路上跑过 / 我们中的一个用手指点着它 // 已经很久了 / 今天他们已不在人世 / 那只野兔，那个做手势的人"（张曙光译）。多年后我对这只兔子仍然难以释怀……

再次回到 1999 年冬天。辗转几个小时到了唐山之后也是大雪扑面盈怀，住在极其简陋的小旅馆里。因为等另一个同事去考场，结果还迟到了，而第一场就是我最担心的英语，完全是在迷蒙的状态下答完的，而政治和专业课感觉还可以——都是把试卷写得满满的之后提前交卷的。之后又回到原来的中学上班，当时我是顶着巨大的心理压力的，成败在此一举。

回到原单位，等待命运的眷顾或厌弃。一天早上，打开办公室的门我突然发现桌子上放着一封薄薄的信，落款是河北师范大学研究生招生办公室。当时的心情无法用"忐忑"来形容了，感觉整个人手足无措、如芒刺在背，当时没敢打开看成绩，而是走出来在操场上溜达了三四圈。当时一咬牙，反正成绩已经注定，好坏就那样了，于是回到办公室撕开那封信。打开那张纸，本能地看成绩最少的那科——英语是 65 分，其他的成绩都比这个高很多。过了一段时间之后，我去河北师大东校区参加复试和面试以及同等学力考生的加试。在复试时一个女生（王鹏）问我："你就是考第一那个啊！"我当时还不清楚自己的初试成绩排名情况。

回原单位后，又等了好长的时间，我的通知书也没下来，按照常理怎么也下来了。后来才知道我的入学通知书被县教育局以及学校扣下了，我也是在接到河北师大招生办电话的时候才知道了此事——电话里那个老师说如果明天你的档案不来就取消入学资格了。我当时心急如焚又火冒三丈。第二天一大早坐着三轮车满身尘土地赶到丰润县教育局，进了办公室我就说如果我的档案因为你们而耽误了研究生入学，所有人都要为此担负责任。当时年轻，后来回忆我当时是满面通红嚷出了那句话。他们最终拿出了我的调档函并给了我档案，档案上是封条和印章。当时教育局邮寄材料已经来不及了（按那时的邮寄速度最快也得一周时间），整个河北师大录取研究生就差我一个人的档案了。找到公用电话亭和招办老师联系，经过沟通同意我自己亲自去送档案——按照规定档案不能个人经手而只能公对公，于是买了当天由唐山开往石家庄的火车票。坐了整整一夜的火车，整个人都快垮掉了，早上才赶到招生办。在早晨的阳光中我有些恍惚地走在河北师大校园里，怀里紧紧抱着那个档案——更像是抱着一个婴儿。

现在回想起来，从丰润到唐山再到石家庄我一路上都抱着这份档案。那是我青春时代极其脆弱的命运。那个高个子女老师说："你是河北师大研究生招生录取历史中唯一自己带着档案来的。"那是一次破例，而我的人生也险些因为档案而发生不可想象的逆转。

拨转时光的指针，如此真实不虚的正是经由人生极窄之处迸涌出来的热泪和光芒。

我们很容易在事后说出一大堆道理甚至真理，但是对于当事人来说最为重要的恰恰是在过程中的淬炼与磨砺。无论是遇到生老病死以及忧悲恼、怨憎会、爱别离、欲不得这八苦，还是迎来无比幸福欢欣的时刻，人们都应该持有一份平常之心，尽人力而听天命——事来如待猛虎，事后静观落花。

◎吉狄马加

宽与窄的诗性哲学思考

吉狄马加，中国当代最具代表性的诗人之一，同时也是具有广泛影响的国际性诗人，其诗歌已被翻译成近四十种文字，在世界几十个国家出版了八十余种版本的翻译诗集。现任中国作家协会副主席、书记处书记。

主要作品：诗集《初恋的歌》《鹰翅和太阳》《身份》《火焰与词语》《我，雪豹……》《从雪豹到马雅可夫斯基》《献给妈妈的二十首十四行诗》《吉狄马加的诗》《大河》（多语种长诗）等。

曾获中国第三届新诗（诗集）奖、郭沫若文学奖荣誉奖、庄重文文学奖、肖洛霍夫文学纪念奖、柔刚诗歌荣誉奖、国际华人诗人笔会中国诗魂奖、南非姆基瓦人道主义奖、欧洲诗歌与艺术荷马奖、罗马尼亚《当代人》杂志卓越诗歌奖、布加勒斯特城市诗歌奖、波兰雅尼茨基文学奖、英国剑桥大学国王学院银柳叶诗歌终身成就奖、波兰塔德乌什·米钦斯基表现主义凤凰奖。

并创办了青海湖国际诗歌节、青海国际诗人帐篷圆桌会议、凉山西昌邛海国际诗歌周以及成都国际诗歌周。

　　我不知道无限的宽，是一个物质概念还是一个时间概念，但我以为被定义为物质概念上的宽，其开始和起点都是从所谓的"窄"出发的，也因为有这样一个起点和开始，我们也才可能去理解所谓"宽"的存在，当然如果从更大的时间观念来理解"窄"和"宽"的关系，我们就会发现在哲学意义上"宽"和"窄"都是动态的，并自始至终在相互融合中以绝对的动的状态变化着，任何物质存在的东西一旦被置入永恒的时间，它们就会被过程的牙齿渐渐地吞噬，也就是说没有任何一种物质在时间的容器里不会死亡。

　　"宽"和"窄"永远是对立的统一，没有窄也就没有宽，同样，没有宽也就没有窄，但是最重要的是宽和窄的变化却是在更高的时间和形式上在进行着转化，其实这并非是一种想象的玄学。我曾经写过一首关于河流的诗，就是想回答源头的一滴水与一条大河的关系，同样也想回答这滴水与那个和它相呼应的遥远的大海的关系，在这里不妨引用一段我的诗歌，或许这也是我对这一命题的有关思考：

　　"当你还是一滴水的时候 / 还是 / 胚胎中一粒微小的生命的时候 / 当你还是一种看不见的存在 / 不足以让我们发现你的时候 / 当你还只是一个词 / 仅仅是一个开头 / 并没有成为一部完整史诗的时候 / 哦大河 / 你听见过大海的呼唤吗 / 同样 / 大海！你浩瀚 / 宽广 / 无边无际 / 自由的元素 / 就是你高贵的灵魂 / 作为正义的化身 / 捍卫生命和人的权利 / 我们的诗人才用不同的母语 / 毫不吝啬地用诗歌赞颂你的光荣 / 但是 / 大海，我也要在这里问你 / 当你涌动着永不停息的波浪 / 当宇宙的黑洞 / 把暗物质的光束投向你的时候 / 当倦意随着潮水 / 巨大的黑暗和寂静 / 占据着多维度的时间与空间的时候／当白色的桅杆如一面面旗帜／就像成千上万的海鸥在正午翻飞舞蹈的时候／哦大海！／在这样的时刻／多么重要！／你是不是也呼唤过那最初的一滴水／是不是也听见了那天籁之乐的第一个音符／是不是也知道了创世者说出的第一个词！"

我想在这里，一滴水是微小的，它就如同我们所说的这种"窄"，而宽阔奔流的大河也就是更具有象征性的"宽"，特别是浩瀚无边的大海，更能让我们去理解所谓"宽"的更为深邃的含义，可是当我们把大海和大河还原成一滴水，并且在哲学和时间意义的显微镜下进行透视，真正进入并看见它们的微观部分的时候，你就会惊奇地发现，这其中同样就是一个没有极限的小宇宙，它包含了我们给"窄"所下的全部所谓定义。

在人的生命过程中都会有这样的经历，我们曾经在某一个秋高气爽的夜晚，因为能见度很高的原因，便会去长时间地遥望神秘的星际，那时候我们总能看见天穹的无限，而更多的时候我们只能通过想象去延伸，我们的目光永远无法抵达的那个幽深的彼岸，如果人的眼睛是一个"窄"的出发的原点，那在我们的头上寂静如初的灿烂的星空，就给我们的双眼呈现出了通向永恒宇宙"宽"的海洋，我理解从更为哲学和抽象的角度来看，无限是不可能一分为二的，当然，更不可能一分为三、为四，因为无限就是另一种并非线性的时间，它从来就没有过开始，当然，也就不会有所谓的结束。

单纯从"宽"而言，还是那个粗浅的道理，它永远是与"窄"相对应的一种存在。人的心灵世界就是一个内宇宙，对于旁人而言，要进入这样一个精神的宇宙，其所面临的难度就如同我们遥望星际中那个神秘的世界，尤其是当我们面对那些思想的巨人，除了通过他们的文字和其他精神遗产，能部分地进入他们的灵魂和精神世界外，更多的时候，他们精神中那些更隐秘、更幽微、更深奥的思考，我们是永远也无法捕捉得到的，更不要说去理解这其中所包含的意义，这就好比是存在于另一个维度空间里的光，如果没有被打开的黑暗，我们便永远无法预测和感知到它的存在。伟大的德语诗人荷尔德林在《许佩里翁的命运之歌》里有这样的诗句：

"你们在上界的光明里／漫步绿茵／有福的神明！／神圣的微风辉煌耀眼／把你们轻轻吹拂／犹如纤纤素指／抚着神圣的琴弦／天神们没有命运／他们呼吸如熟睡之婴／谦逊的芽苞／为他们保存着／纯洁的精神／永远如花开放／而极乐的眼睛／在安静永恒的／光辉中眺望／而我们却注定／没有休息之处／受难的人类／不断衰退／时时刻刻／盲目地下坠／好像水从危岩／抛向危岩／长年向下／落入未知的深渊。"

这里的许佩里翁，是一个象征着人类受难的符号，他在仰望具有永恒性的充满了恬静柔和的光辉的神界时，同时也时刻在关注着可供人类安居的栖息之地，在那里或许也是一个我们永远未知的深渊。荷尔德林在这首诗中除了告诉了我们字面上的这一切，更重要的是他从精神的两极揭示了形而上的天界和苦难的尘世的对立而统一的关系，这是一个隐喻，他从另一个侧面告诉了我们所有的生命现象中，都包含了"宽"与"窄"相对立而又相统一的真理的基因。

作为一个诗人，我所有的精神创造，其实都在面对两个方向，一个就是头顶上无限光明的宇宙，引领我的祭司永远是无处不在的光，另一个就是我苍茫的内心，引领我的祭司同样是无处不在的光，它们用只有我能听懂的语言，发出一次又一次通向未知世界的号令，并在每个瞬间都给我的躯体注入强大的力量，毫无疑问，是因为它们的存在，我的肉体和灵魂才能去感知我所能获得的这一切。从创造的角度而言，伟大的诗人奉献给这个世界的诗句，不是全部，或许仅仅是一个部分，它们都是被这种神奇的力量所赋予的，在任何时代，诗人都是精神与语言世界的伟大祭司和英雄。

贾梦玮，文学博士，现任《钟山》主编，江苏省作家协会书记处书记，散文工作委员会主任。有散文随笔、文学评论若干见于报刊，结集出版的有散文随笔集《红颜挽歌》《往日庭院》《南都》等。主编"零点丛书""21 世纪江南才子才女书"、《河汉观星：十作家论》《当代文学六国论》等。获多种文学创作、文学编辑、文学评论奖项。

◎贾梦玮

天地宽道路阔

　　学习对于人生至关重要，但学历在不同的国家、不同的历史时期，其重要性不同，总体来说，对于人生并无至关重要的意义。学习应是终身的，但不一定都要去拿毕业证书。一个博士并不一定比初中毕业生更有学问；念完博士，再无更高的学位可拿，但学习不能停止。距离硕士研究生毕业整整二十二年后，我终于拿到了博士学位，还是有些小小的感慨，免不了思前想后。至少，我从未放弃过学习，顺便弄了些毕业证书和学位证书，唯一少了个高中毕业证。学习的路似乎永远宽阔坦荡，只要你肯学。

上世纪八十年代，乡下的孩子要改变命运，只有考大学一条道。但我初中毕业后就辍学了。在别人看来，我脚下的路窄之又窄，命运已经注定：一个初中毕业的农村孩子只能当农民。但当时的我，并不知道或者并不相信自己的处境，兀自做着作家梦、文学梦，我想象着外面的世界，不管不顾地认为自己一定会离开原地。是文学经典给了我想象外面世界的通道，并锻造我、鼓励我逐步走向外面的世界。做了两年农民后，我先后做过代课教师、乡政府代理文书、企业会计、公司办公室主任等，免不了会碰得头破血流。但我内心很骄傲：我早早成了一个自立、独立的男人。

若干年后，每当我从外面的世界回到自己的故乡，总有乡亲敬佩地对我说，从我初中毕业回乡至我考研离开的十年间，我家的灯一直是村里最后熄灭的，有的村民到了后半夜起夜时也常常看到我家的灯还是亮着。一灯如豆，那是我的灯，开始几年还没通电，是煤油灯，一个晚上下来，鼻孔全是黑的。夏天，为了防蚊虫叮咬，我把双腿浸在水桶里，听蚊虫在我周围嗡嗡嘤嘤；冬天，我裹上破棉絮，让我家的猫坐在我的腿上，互相取暖，它念它的经，我读我的圣贤书。

考试是人生免不了的部分，但与人生的其他本质方面相比，实在是比较容易、不必过于看重的方面。但一个初中生"混社会"实在是有太多的问题。业余参加自学考试，可以兼顾生计和学历，我很顺利地通过二十几门课程的考试，先后取得了汉语言文学专业的大专和本科毕业证书。当我上世纪八十年代末取得本科文凭时，我的初中同学，后来读了高中考上大学的，其时大学还没毕业。1994年，离开学校十一年后，我考取南京大学中文系的硕士研究生，成为一名在校生。当年开学报到排队转户口，别人只收手续费五元，轮到我时要求交十元，我表示疑问，办事的人告诉我：因为你还是农村户口，要先转成城镇户口。再看其他人手中的户口转移证，硬朗挺括，而我的又薄又脆，大小不足他们的四分之一，当年农民的地位与不易可见一斑。后来考取在职博士研究生，都在工作状态。算起来，小学五年、初中两年、硕士研究生三年，我总共在校十年。其他的，都在读"社会大学"，永远不会毕业，因为"学无止境"——一个说顺了口已经没有多少人深究其含义的词语。

如今，用通俗的价值观考查，我也算作小小的成功和有为人士，但至今我也没有考虑过我人生的道路何时宽何时窄，我只知道，人生的道路很长很长，人生的修炼没有止境，人生的众多责任一直都在肩上。

人生的最高境界莫过于：天地宽、道路阔。可是，任何一个具体的人，从生下来一直到年老，不可能总是天高地阔，顺风顺水，关键是如何对待顺境和逆境、成功和失败。左宗棠题无锡梅园联云："存上等心，结中等缘，享下等福；在高处立，着平处坐，向阔处行。"所谓"存上等心""在高处立"，强调人生的站位、人生的理想，对人世要有美意，否则不可能对人生的基本形势有一个基本的判断，天地是宽还是窄、道路是阔达还是逼仄都搞不清楚。我们见多了怨天尤人的人，他们往往夸大客观的困难，给自己的主观不努力"设置"客观条件，找台阶下。"结中等缘"和"着平处坐"着重于现实努力。上等缘可能成为空想，也可能带来懒惰，下等缘也须避免，因为有可能被它拖垮，中等缘踏实可靠，让人有平常心，坐在平处，心平气和地一步一个脚印。结果是能往阔处行，但并不贪图享福，只要有福就行，所谓"下等福"；福禄太多反而消磨志气，把人生的路走窄。

不仅是如何对待逆境和失败，而且是如何对待顺境和成功，二者同等重要：顺时虑逆、成中防败。人到中年之后尤其如此。

"失败乃成功之母"称得上是名言中的名言，意为失败者只要从失败中吸取教训，积累经验，化失败为力量，努力而为，成功将继之于后。多少年来，它给失败者和身处逆境者以信心和力量，成为他们的座右铭——当然，也可能是挡箭牌，如果败之又败而不知警醒的话。

成功何尝不是失败之母？

一些人通过自己的努力，在事业上取得了很大成就，积累了巨大的财富，甚至登上了高位，赢得了各种殊荣，可谓"成功"。但成功之后，有些"成功者"不思进取，甚至忘乎所以，或躺在功劳簿上睡大觉，或者居功自傲，视法律和道德为儿戏，终致沦为失败者甚至阶下囚，先成后败、因成而败。

卧薪尝胆，逆境求胜，反败为胜，是人类心理的优质，中外古今不乏这样的例证。胜而怠，赢而骄，成而懈，是人类心理的劣性，这样的例子中外古今也是比比皆是。失败往往成为一种力量和强心剂，成功往往是包袱和麻醉剂。失败者不吸取教训加倍努力肯定无法转败为胜，成功者不警觉清醒再上新台阶必然转胜为败。败中取胜不易，成功之后立于不败之地更难。真正的成功者必定经历了很多失败，不少失败者也都曾是成功者。成功者得意洋洋、忘乎所以的嘴脸，有时比失败者的垂头丧气还要不堪。

古语云："学如逆水行舟，不进则退。""学"如此，人生的其他方面也是如此。朱熹也说"凡人不进便退也"，"无中立不进退之理"。信息社会的今天，知识每年的折旧率都在百分之二十以上，只有不断地进行知识更新才能跟上时代的步伐，否则时代会把我们抛得越来越远。当今社会竞争异常激烈，只有具备坚忍不拔的毅力和精进不止的品格，才能不断前进，在学业和事业上立于不败之地。在当今这个物化的世界，只有记得做人的本分，修身养性，不断提高精神情感境界，才能保住自己作为人的形象。只有胜而不怠、赢而不骄、成而不懈，不断开拓进取，才能走进知识、事业、人格的新境界。

"成功乃失败之母"确乎不是文字游戏，与"失败乃成功之母"一样，均为至理之言，后者为激励之言，前者乃警策之语。

以上所说的"成功"还只是侧重于事业、学业方面。如果扩展到"人生"的层面，基本原理相通，但情况要复杂一些，有其不同的层次和阶梯。按照哲学家的理解，人生分为生存、生活、生命三个层次。所谓事业上的成功，财富的积累、仕途的升迁，大多只是"生存"意义上的成功，住的房子大一些、高端一些，吃得高档、精细一点，表面上风光一些，引来的羡慕的目光多一些，也还是"生存"。在"生存"基础上的"生活"更多非物质的因素，比如爱情、家庭伦理、友谊等。有些"高官""富贾"的成功止步于"生存"，一根筋：升官、发财，是以牺牲"生活"为代价的，家庭破裂，"爱情""友谊"在他们这里还是"交易"。

如果上升到"生命"层次，每个生命来到人间，都是独特的存在，有其不同于他人的生命肌理。东西方哲人所寻找的"大美"和"诗意的栖居"，中国哲人所说的安顿身心、在"道"合"理"、天人合一，是"生命"的本真需求，是每个生命个体对其各自"生存"和"生活"的平衡和超越，需要人生的大智慧。现在的"成功学"对所谓成功做了狭义的理解甚至曲解，如此，"生存"层次上的成功直接带来的可能就是"生活"和"生命"层次上的失败，物质上的得到伴随的是精神上的失去，"经济"的膨胀可能就是"文化"的萎缩。成功即失败。

近代以来，中国曾经败了又败，那历史车轮下的个体在"生命"意义上也难有"成功"可言，"失败乃成功之母"在中国人这里就有了点悲情的味道。如今，倘若又轻言"成功"，从"成功"走向失败，岂不是"两败"，"俱伤"？

如今的我，人到中年，万般滋味在心头，人生更是淡去了"宽"和"窄"的分别。人，只有站在高处，才能行在阔处，否则"宽"也是"窄"。人的境界低了，匍匐在地上，天地都狭小了，哪有宽阔、敞亮的人生可言。

蒋登科，四川巴中恩阳人，文学博士，中国作家协会会员，曾任西南大学中国新诗研究所所长、期刊社副社长，现为西南大学中国新诗研究所教授、博士生导师，西南师范大学出版社副社长，兼任重庆市作家协会副主席。主要从事中国现代诗学的教学和研究工作，承担国家社科项目、教育部项目和其他项目多项，出版诗学著作十余种，另有散文集、散文诗集各一种。

◎蒋登科

宽窄都是路，走好每一步

由于在大学做老师，时常写点小文章，偶尔还出版一些和专业有关的书籍，因此，和一些朋友聚会的时候，时常会听到这样的话："你好厉害啊，写了那么多文章，出了那么多书！""你有篇文章写得真好，我反复读了几遍，对我影响很大！"听到这样的赞美之词，我自然要礼貌地表示感谢，但更多的是警觉和反省。大家都喜欢听好话，不过，一定要搞清楚这样的话是不是真话、实话。对我来说，这种话好似"耳边风"，听了就听了，完全没有放在心上，该干吗就继续干吗！

有些朋友在拥有一定的地位和影响之后就喜欢回避自己的出身，生怕别人知道他来自贫寒，这似乎有辱他的光辉形象。我则相反，从来不回避自己的出身，从来不回避自己的不足甚至缺陷。有时想想，一个大山里农民的孩子，一步一步地走到今天，其实也是不容易的，这中间必然有属于自己的奋斗和坚守，为什么要回避呢？人生之路的宽与窄，在我的经历中有着特殊的意味。

我的家乡在四川东北的大山里，进出都得走山路，爬坡上坎成了习惯。离家最近的场镇叫恩阳，有近二十里山路。小时候，土地还没有包产到户，父辈都要参加集体劳动，根本没有节假日之说。除了交公粮，卖一些土特产，他们很少有机会去赶场。孩子们的机会就更少了。在很小的时候，我们就成了家里的劳动力，早上为全家做好早饭之后，才能走路去上学。周末，更要帮家里做一些事情，放牛、割草、晒粮食，反正没有耍过。

当时的场镇分为当场天和冷场天。我记得，最初的当场天是每周一次，定在星期天。每逢当场天，四面八方的乡亲都汇聚在场镇上，带上各种各样的土特产品销售，街道上非常拥挤，也很热闹。父母有时也要去赶场，他们卖节约下来的小麦、大米、蔬菜、辣椒面，甚至还卖过稻草，除了为我们凑学费，还要买回一些日常用品。

父母去赶场的时候，我们当然也想去，有些孩子因为父母不同意他们同行，哭得死去活来。在他们看来，街上热闹，有好吃的、好玩的。其实，赶场并不是一件好玩的事情，去的时候得帮父母背东西，十几里山路走得人腰酸背痛，肩头都磨得红肿了。街上确实有好吃的，小饭店里，白糕、麻花、包子、馒头、面条随处可见，但那不是农村孩子可以随便吃到的，除了钱少，关键是没有粮票，有时看得人直流口水。我的父母还好，只要带我们赶场，他们一般都会带上几两大米，用粮食直接兑换食品，只需要很少的加工费。

在当时，我深切地感觉到这个世界似乎不公平。农民种了粮食要交公粮，城里人很便宜就买到了，而农民在城里吃个饭还有这样那样的规定。在星期天，农村的孩子几乎都要为家里做事，有时甚至是饿着肚子做事，而和我同龄的城镇孩子，到了星期天什么都不用做，三三两两地在街上四处游荡，手里拿着各种各样的玩具。城镇多好啊，下雨不用走泥巴路，家里还有电灯，道路干干净净的，想下馆子也走不了几步路……我从心里羡慕他们，多么希望自己也能够拥有这样的自由自在！

在当时，我根本不知道自己的命运能不能最终得到改变，能不能够离开山乡，成为"城里人"，但是，在幼小的心里，我明白在这个世界上，确实存在有比我当时的日子更好的生活。我不敢说城市孩子的生活就是自己的目标，但有了参照，或许就有了沿着山路走向马路的内在动力。

这种情感的变化，我没有对外人说过，甚至没有对父母说过。从很小的时候开始，我就给自己定下了一个原则：任何事情，任何目标，在没有最终结果之前，都不要对外张扬。我觉得，张扬之后而最终没有得到好的结果，那是很丢人的事情。

直到现在，我每次回到家乡，都要到曾经走过无数次的老街走走，每次都感觉到不同的新鲜，每次似乎都可以找到儿时的记忆。

或许是因为那座小城，是我朴素的梦想生长和出发的地方。

我们那一代农民的孩子，唯一能够改变命运的方式就是读书。

读书首先要有书可读。我从小就读过高山、小路，读过山林、田野，读过风雨、泥泞，但恰好在读书的时候，却没有可读的书。

刚上小学那个学期，盼望已久的"新书"根本就没有到来。老师买来粗糙的纸张，装订成册，为我们每个孩子抄写了一本"书"。从那以后，我就珍惜每一本可以阅读的书，而且利用各种机会寻找可以阅读的东西。

大舅是小学老师，家里订阅了多种儿童报刊，还有收藏的其他图书，当然主要是各种教材。每到假期、周末，我都要到他家去待上一段时间，从早到晚读，读完了所有的报刊，连《现代汉语词典》这样的大书也要从头翻看。

当时，每个生产队都订了一些报纸，放在队长的家里。每过一段时间，我就要去队长家里要来一些废旧的报纸，对每份报纸几乎都要从第一版读到最后一版，生怕漏掉了有趣有用的内容。

上高中的时候，我在新华书店偶然见到一本文学常识类的图书，定价是七角二分。当时的书店不像现在，读者即使不买书，也可以在书店里安静地读完。当时的读者是不能碰书的，售货员最多从柜台上拿出来给你看看，翻翻目录，只有买回去之后才属于自己，才能阅读。我当时特别渴望得到那本书，于是暗暗下决心要凑钱买下。父母当时每周给我五毛蔬菜钱加零花钱，几乎没有什么剩余。但为了那本书，我硬是在几个月之中，尽量只吃家里带来的咸菜，太冷的时候最多买一份没有蔬菜的"玻璃汤"泡饭。在那段时间，我还经常去书店看看，担心别人把书买走了。经过了一个学期的节衣缩食，那本书最终属于了我。我至今还可以回想起拿到书时那种兴奋的心情。

相比于当时城里的孩子，相比于现在的孩子，我中小学时代的学习生活确实是很单调的。但是，从无书可读到自己到处寻找可以阅读的东西，还是在一定程度上丰富了知识，拓展了视野，尤其在写作方面获得了一些积累。

也因为小时候无书可读的原因，我后来特别喜欢书。我的微信是这样介绍自己的：读书、教书、写书、评书、编书、出书、卖书。我后来从事的工作，从西南大学的新诗研究所，到期刊社，到出版社，都和书有关。我还先后两次在重庆市获得了"十佳读书人"称号。

我的一些朋友想到我家里坐坐，我一般都不会同意，因为家里太乱了。这不是因为别的，而是因为书太多，书房里下脚的地方都没有，客厅、卧室到处都堆着书。其实，有些书真的没有认真读完，有些书只是翻了翻目录读了前言后记，有些书也可能不会再读，但是我就是舍不得将它们处理掉，因为它们是书，大多数都凝聚着作者的心血，说不定需要的时候，我还得重新将它们找出来。更关键的是，这是从小就养成的习惯，估计这一辈子是改变不了了。

上大学的时候，我读的是外语系。在当时，这个专业很吃香，但我并不是很喜欢。原因很简单，来自大山的我，连字母都没有学过几天，基础很差，想要学好，确实很难。因此，在我遇到吕进先生之后，我就下定了决心，在大学毕业的时候转专业报考研究生，学习自己喜欢的中国文学。

后来有朋友说，我放弃了外语专业，有些可惜。我倒不这样认为，因为我并没有放弃，只是选择了自己更喜欢的专业。人生之路说长不长，说短也不短，如果能够按照自己的兴趣发展，从事自己感兴趣的工作，或者说工作和自己的兴趣达成了一致，那才是真正的幸福。为了梦想和幸福，不断地放弃一些事情是必然的。

在几十年的人生中，我经历过改革开放初期的下海热潮，经历过市场经济的波澜壮阔。每一次潮流中，都有一些朋友坐不住了，下海、挣钱，最终开上了豪车，住上了别墅。曾经也有人动员过我，但认真分析之后，我知道自己没有这个天赋，好像对挣钱也没有特别的兴趣。我和一些朋友说过，我在物质上很容易满足，只要吃了这一顿还有下一顿煮稀饭的米，我就不会去考虑挣钱的问题。事实上，因为有稳定的收入，过上踏实的日子还是没有问题的。也许有人认为，这是不思进取，但我不这样认为。人的精力是有限的，还不如用来做自己喜欢的事情。

大学毕业之后，我就一直坚守在自己喜欢的教学岗位和诗歌领域。我深知，作为农民的后代，没有家学渊源，底子薄，积累少，也没有什么过人的天赋。我的理论思维能力不强，很多时候都对各种天花乱坠的理论感觉头疼，也不知道那些学者是怎样把各种理论堆积起来，然后加到了看似并不深奥的作品上的。而我，只能从一首一首的诗、一本一本的诗集和刊物读起，慢慢读，反复读，读出了一点感觉，就写一些短文章，没有什么高深的理论，只是写出自己对作品的感受。我尽量站在作者的角度去揣摩作品的生成过程，尽量在脑子里把长期以来阅读过的东西进行比较，由此来看看哪个高哪个低，哪个好一些哪个差一些。

在这个圈子里待久了，就认识了很多前辈和朋友，也带了一些不错的学生。在一些场合，我听到过朋友对我的好评。很多时候，我都只当这些是客套话，一笑置之。我多次说过，作为一个农民的孩子，在这个世界上，甚至在诗歌这个圈子里，我只是一个小人物，只能做一些小事情，不过，我一直坚持着做小事情。这一坚持就是三十多年，我想，在余下的岁月里，我还会坚持下去。

在我看来，放弃和坚持应该是人生的常态。我的家乡有一句俗语叫"艺多不养家"，说的是，什么都想学，什么都想做，最终可能什么都做不好。人的一生中，面对的诱惑太多，如果每次面对诱惑都淡定不了，那是一件很可怕的事情。在短短的一生中，能够坚持做好一件自己感兴趣的事情，人生就应该算是完美的了。

这些年回到家乡，我对小时候见过的很多东西都有了不同的感觉。小时候见过的那些高山，在见过了更多的高山之后，突然觉得它们像是一些小山包；小时候见过的大河，在见过了长江、黄河甚至大海之后，我突然觉得它们像是一些小溪。人生之路的宽敞在很多时候是从狭窄处拓展出来的。随着阅历的不断丰富，视野的不断拓展，人生的格局也会发生很大的变化。这种格局，无关金钱，无关地位，而是和生命的通透感密切相关。看透了这些，人生之路自然宽敞。

◎蒋蓝
从宽窄到中道

蒋蓝，诗人，散文家，思想随笔作家，田野考察者。人民文学奖、朱自清散文奖、四川文学奖、中国新闻奖副刊金奖、中国西部文学奖、布老虎散文奖得主。中国作家协会会员，中国作家协会散文委员会委员，四川省作家协会散文委员会主任，四川省诗歌学会常务副会长，成都文学院终身特约作家。已出版《成都笔记》《蜀地笔记》《至情笔记》和《豹典》《极端动物笔记——动物美学卷》《极端动物笔记——动物哲学卷》《媚骨之书》《踪迹史》《梼杌之书》《倒读与反写》《爱与欲望》等专著多部。散文、随笔、诗歌、评论入选上百部当代选集。

如果说三千年成都是一本大书，那么宽窄巷子就是它的装订线。

无论从建筑还是文化角度，成都正处于南北影响的交汇区。宽巷子、窄巷子曾经是清代"满城"辖地，旗人千里迢迢离开干燥的北国来到潮湿多雨的蜀都，难免滋生怀乡之思，修筑家宅时，他们采取了北京四合院的形制。为适应本地气候条件，建筑兼有北京四合院气韵和成都城市民居的风味，形成独特的穿斗式房房相连四合院住宅，成为两种地域建筑文化融合的生动表现。有鉴于此，宽巷子、窄巷子虽是两条平行的巷道，却与大慈寺、文殊院一起并称成都三大历史文化保护街区。

1781 年清政府调满洲蒙古兵二十四旗驻防成都，开始扩建少城，供满洲将士及家眷居住。这时的少城称为满城。城内以长顺街为主街，多条小街分列于主街东西两侧。辛亥革命后改满城为少城。少城在作家李劼人《死水微澜》中的描述，犹如是一个精神的原乡："一个极度幽静的绿荫地区""是一个极消闲而无一点尘俗气息，又到处是画境，到处富有诗情的地方"。

宽窄巷子以前叫仁里胡同头条、仁里胡同二条。在一般人眼里，这两条巷子是差不多宽的，何以要加以宽窄区别呢？宽巷子旧时多为达官贵人居住，窄巷子聚居的是平民，显贵住的地方当然是用"宽"，平民住的地方自然就是"窄"了，于是成都民间有"宽巷子不宽、窄巷子不窄"的说法。

少城的街道很像一只摊开的大蜈蚣，"将军衙门"就是蜈蚣头，长顺街是蜈蚣身体，两边街道就像是百足。长顺街东面为左翼，共十九条街巷；西面为右翼，共二十三条街巷。当时，满城的住宅面积不以亩分计，而是以"甲"计。一甲地，即是一名披甲军人应分得的一片土地。地之大小并不平衡，而是以所隶之旗为等差，其中马甲又略大于步甲，面积大的每甲有七八十平方市丈。但驻防旗人的家庭人口日益繁多，两万多满人拥挤在这狭窄的区域内，生存法则迫使他们设法自救。辛亥革命后，满城不再是禁区，平民百姓可以自由出入，有些外地商人乘机在满城附近开起了典当铺，大量收购旗人家产……

宽窄巷子体现出来的建筑格局与生活方式，恰好体现出了伟大的中道精神。

一个人眼界的宽窄决定了世界的大小。一座城市胸襟的大小，决定了它的格局。事物体现出来的宽窄、高低、大小、明暗、侧正等等，不过是事物的单方面呈现。孔子的智慧来源于他对以往历史的总结，他不但看到了"允执其中"，还了悟到中道的高度。通过对此的继承与提升，孔子提出中道精神，由此达到了中国人认识世界的最高境界。

中庸不是毫无观点，不是和稀泥，更不是骑墙派。汉代学者早已经洞悉了中庸才是构成世界和谐的大秘密。大学者郑玄指出："名曰《中庸》者，以其记中和之为用也。庸，用也。""庸"也就是"用"的意思。《中庸》通篇所讲都是如何把握中道，如何在实际中使用"中"。由此而观，民国初年宽窄巷子的居民开始改造住房，同样深刻体现出了中道精神对建筑造型的潜移默化。

在成都平原，城镇民居分前店后宅、店宅两地、多店一宅诸多形式，并且以前店后宅为正宗。民居几乎每个院落都有井，供生活之需。由于是房房相连式，当要扩展时，便向纵深方向发展，呈"日"字状。两旁耳房不砌墙，作为交通联系通道，同时下面做成下水道。有的耳房侧加建为厕所，可供上下院落使用。富裕人家院子下沉，檐口落水处砖砌明沟排雨水。一般民居则利用地势自由排水，只在院角处做集水口统一由阴沟排出。这些院落皆不过分追求美轮美奂，宽敞、通风成为了其建筑美学的宗旨。

有关学者也指出，宽巷子、窄巷子的四合院平面形制规整，中轴线明显对称，房房相连，檐口相对较宽，结构为穿斗式，天井面积较大，为采光演变为院落。据测量，天井与房屋面积比例约为1:3，比北方四合院略小，但比云南的大……这些布局充分体现了成都平原民居的固有特点。

宽窄巷子里的四合院，一改北方四合院建筑立面肃穆规整的特点，墙面朴素，台基低矮，一般为一步。屋身也较矮小，屋顶坡度平缓，坡度多为四至五分水。铺小青瓦，每开间有二至三片"亮瓦"，房屋上部梁柱间有只用竹篾片编织分隔的，便于通风。屋脊平直变化少，也没有屋檐装饰。柱间围护墙采用了川西平原特有竹编夹泥墙。厢房多设为单层。这可以看出，宽窄巷子住宅既保持了北京四合院的方正严谨，又因势利导予以变通，因而别具风味。

从外部通道来看，成都宽窄巷子保持了北方胡同的空间形态。但宽窄巷子的长度仅为二百余米，宽度约三至四米，少了些北方胡同的曲径通幽、别有洞天的悠长韵味。何况居民将胡同作为了公共场所，煮饭、洗衣、纳凉、小孩游玩等都在胡同、院坝进行，街区是居民的感情交汇场，小小的街道则完全成为了公共空间，比较起高大厚重的北方胡同，更具亲和力。

即使经过多年变故，宽窄巷子里剩下的大树依然吸引着路人。这不由得让人想起著名作家叶圣陶先生在 1945 年 3 月写下的《谈成都的树木》一文。他感叹"少城一带的树木真繁茂，说得过分些，几乎是房子藏在树丛里，不是树木栽在各家的院子里。山茶、玉兰、碧桃、海棠，各种的花显出各种的光彩，成片成片深绿和浅绿的树叶子组合成锦绣"。如今在水泥森林中生活太久的人们，对老成都的生活韵味有了更深切的向往。人们常常会在宽窄巷子的茶铺、书吧里喝茶，遥想三千年成都的飞云与雾霭，以及那暖洋洋的慢时光……

2003 年，宽窄巷子投入数亿元改造，其旧有的单一居住功能明显得到了置换和丰富，向"文化＋商业＋旅游"为核心的功能转变，其间设置的一些本土文化展示区域，那些早已失传或将要失传的古老艺术和文化，成为了宽窄巷子留住往昔时光的明证。

汉朝成都第一位百科全书式的人物扬雄，仿《论语》而成《法言》一书，其理论基础便是中和、中道思想。他在《法言》中表达了中和、中道乃是自然万物发展之道，也是人类社会致治之道，这就是他提出的"立政鼓众、动化天下，莫尚于中和"的思想观点。

建筑蕴含历史与文化，建筑就是文化的雕塑。宽窄巷子的变迁不仅是蜀文化的结晶，更是三千年成都"道法自然、天人合一"的建筑文化缩影。所以，宽巷子并不"宽"，窄巷子也并不"窄"，它们在中和、中道的哲学深处，在大地上予以了赋形与赋性。

2017 年秋季的一个深夜，中国作家协会副主席李敬泽，在品完一盏碧潭飘雪之后，说旗人吃花茶，成都人也喜欢花茶；而在宽窄巷子里品花茶，美不胜收。他手持烟斗在灯火阑珊的宽巷子一边缓缓散步，一边接受记者的采访。在他看来，宽窄巷子灿烂的灯火已然照亮了周遭的黑夜，在这一刹那的通透中，已经不可能去考察墨汁与色彩的差异了，他甚至来不及去字斟句酌地营造语境。他必须说出的是，从高唐神女的云鬟到薛涛流淌着岁月黄金光芒的披发之间的共性与异性；从司马相如的精骛八极的大赋，再到杜甫对成都的精微写实，这些都仿佛被天府大地间的中道所统摄着、宰制着。就如同芙蓉花、梅花突如其来地出现在一个拐角，它们之间的色泽差异，在极度纷乱的无序中逐渐回归到阶段性的有序，在极度自由中寻找有律的自在：在中道里回眸自性。恰如《入中论》所云："净戒沃田中，能生诸功德。享用众果实，相继无断时。"

　　学者何怀宏在其箴言录《随感》中说："我赞美达于两极的中道，并使这两极如大鹏之双翼。"苍茫世界的中道，就如同牛头上的一对犄角。有人曾经为宽窄巷子写过一副对联：上联"深浅宽窄有"，下联"大小方圆具"。宽窄哲学恰恰是中道精神的灿然落地，这是步入成都深处的秘道，由此我们领略一座因水而生的大城，一座诗意迭兴的古城，一座秀美温润的丽城，一座现代时尚的宜居之城。

李钢，诗人，重庆作家协会荣誉副主席。二十世纪七十年代末期进入中国诗坛，代表作为大型系列诗歌《蓝水兵》，先后入选"当代十大青年诗人"和"最受喜爱的当代十大中青年诗人"。出版有诗歌、散文、漫画等著作多部，作品被译成多国文字。曾获第二届全国优秀新诗（诗集）奖，以及数十项文学奖。此外，有作品被央视拍摄成电视诗歌散文多部，连续四届获全国电视星光奖。

◎李钢

大道之行也

　　宽与窄的道理，我以前没怎么想过，现在写这篇随谈，大概想了一下。

　　我认为，宽窄之道，宽是大道。宽与窄，无论在哪个层面，我都认同宽，并且歌颂宽。因为人类的历史，就是由窄向宽、由束缚向解放的历史，人这个物种自诞生以来，天生向往的就是宽；窄是人类不断摆脱的现实，而宽是神话，是梦想，是未来，是人类从古至今不懈的追求。

当然是这个道理。庄子说："北冥有鱼，其名为鲲。鲲之大，不知其几千里也；化而为鸟，其名为鹏。鹏之背，不知其几千里也；怒而飞，其翼若垂天之云。是鸟也，海运则将徙于南冥。南冥者，天池也。"

他描述的就是一种宽阔，也可以理解为人类的志向和目标。我们还有一些成语和俗语，比如"鸿鹄之志""天马行空""虚怀若谷""气贯长虹""胸有丘壑""宰相肚里能撑船"等等，还有我少时听到的两句话"身在长工屋，放眼全世界"，这些话表达了无论在胸怀上气度上还是视野上境界上，人所希望具有的都应该是那种辽阔、高远、旷达，这就是宽。

相反也有一些成语，如"鼠目寸光""井底之蛙"等，皆为贬义，比喻的是狭隘、保守和封闭，也就是窄。窄是宽的对立，从人类进步这个意义上来说，窄的存在相对于宽，就是一种警示，窄是条死胡同。

尤其是就像坐井观天那样，你明明看到了蓝天白云，看到雁阵高飞，鹰在翱翔，而自己却置身于逼仄狭窄中不能动弹，恰如李白诗曰"大道如青天，我独不得出"，试想那该是怎样一种痛苦。

记得多年前我听过一个成功者的演讲，讲述他当初如何沿着一条崎岖小路走出大山，几番挣扎拼杀，开辟了事业的坦途。然后他陷入对那条小路的深情回忆，讲到自己在路上的犹豫和徘徊，以及和一个送他的女孩怎样难分难舍、拥抱接吻什么的。

我当时边听边想，无论他怎样流连缠绵，那都是一条他不能折返的路，因为那条路的一端连着封闭和穷困，另一端虽然未知，却预示着无数个希望。当然我觉得他最好把那个女孩也带出来。让我感动的是他成功之后多次回乡，给那个偏僻山村带去了前所未有的变化。

事实上，在我生活的这个城市，我经常看到一些目光呆滞、表情困惑的人，从他们的谈吐举止衣着打扮上，一眼就可以看出，那是来自闭塞乡村的人。对他们来说，这里的一切都是全新的，不可思议的，他们为了谋生，闯入到这种全新和不可思议之中，要在这里打工生活。

过上一段时间，我看到了他们的变化，他们的眼神变得鲜活起来，衣着甚至语言都在改变。他们参与到这座城市的建设中来，而这座城市也在由外向内地建设着他们，改变着他们，从装束，到习气，到胸怀，到观念。

如果他们再回到原先的乡村，就已经不再是从前的自己了，他们会成为那个地方开过眼界的人，有知识的人。他们带回了新鲜的气息，他们的目光和想法就会把那个地方搅得躁动不安，一个地方的变化就这样开始了。

上世纪六七十年代，曾经流行过一个故事，说咱们的元宵这种食品那真是奇妙无比。外国人觉得好吃，就想把制作技术学回去，但是咱们要保密，不教给他们。他们就偷了一个没煮的元宵来研究，转来转去找不着一条缝，于是就想啊想啊，人都想傻了，硬是没想出这馅儿是怎么装到里面去的。其实咱们的北方农村老大娘只是把馅儿放在糯米面上滚来滚去，像屎壳郎滚粪球似的，就把元宵做出来了。

这个故事我当时在各种场合反复听人讲起，讲故事的人全都一脸得意。现在再想起这个故事，真是让人脸红，让人哭笑不得，它完全是咱们在封闭保守状态下的一种无知的自我娱乐、自我满足。正所谓一叶障目，不见泰山；两耳塞豆，不闻雷鸣。改革开放几十年，打开了人们的眼界，让人们看到了世界，看清了自己。

如此看来，世间的路无论大小，确立了目标，选对了方向，顺道而行即是宽，背道而驰即是窄；而方向与目标的正确，取决于行路者的胸怀、境界和眼光。从某种意义上说，人类不是靠双腿而是靠思想在行走，一切宽阔都是思想的宽阔，有了宽阔的思想，才会有脚下的宽阔和宽阔的远方。

过去有一首民歌《走西口》里是这样唱的："走路你走大路，万不要走小路，大路上的人儿多，拉话话解忧愁……"人人都知道朝大路上走，车如流水马如龙，车多人挤，再宽的路也变窄了，挤到最后就挤不动了，堵了。

这不只是地域性的现象，而是世界性的现象，全世界都在塞车，越是发达的地方越塞车，所以"堵"是发展的象征，是我们这个世纪的特征之一。我觉得是好现象，千年堵一回，让我们赶上也值了。我坐车的时候最不怕塞车，有时被堵在半道上我就想，早晚你总得通吧，一会儿，果然就通了。

有一次，我和几个人开车从康定回来，半夜在一个叫泥巴山的地方就堵了车。伸头一看，好家伙！弯弯曲曲的山路上一长串车灯，蜿蜒几公里，十分壮观，原来是狭窄地段对开的长途车互不相让，司机们在赌气。我就对车上一个身穿保安制服的人说，你下车到前面去，吓唬吓唬他们。

因为他那个保安制服酷似警服，我觉得应该有效果。这人就提着个应急灯跑过去一阵吼，那些僵持着的司机吓了一跳，弄不明白半夜三更在这荒山野岭上怎么会钻出个警察来管理交通，就乖乖地听他指挥，两边的车缓缓开过，井然有序。

谁知这位老兄冒充警察有瘾，我们的车通过之后他仍站在那里忙活，停不下来打不住了。所以，当一个人在为疏通做贡献的时候，是多么忘我多么卖劲啊！我们只好去把他强行拉上车来。

堵则思通，就是这么个道理。河流堵了要疏通，下水道堵了要疏通，马路堵了要拓宽、要造新路，一造就发展了。堵是暂时现象，通是必然趋势，有办法堵就有办法通，通则不痛，通！通！通！我在一种四处张贴的广告上看到了这个"通"字，我觉得这个字要流行起来。堵是个什么玩意儿？螳臂挡车。车要通行，人要通行，历史要通行，挡不住的。

外国有句谚语：绕着房子转一圈，就比待在屋里要知道得多。咱们中国也有句话：树挪死，人挪活。人跟植物不同，挪就是要走动，要交流，要开阔视野。闭塞的生活容易造成目光如豆，思想窒息。

我们今天的这个世界是一个立体的世界，天上地下江河湖海，有飞机有车有巨轮有互联网，这些东西将旧的疆界打破，使人跳出原来的生活范围，挣脱旧有观念的束缚，摒弃那种植物生活，走到陌生中去。

今天这个时代，人的思维在网络化，双脚在车轮化，臂膀在羽翼化，飞翔是人类千年的梦想，是神话，但是从上个世纪开始，人类飞腾起来了，神话变成了现实。飞到天空俯瞰大地是什么感觉？飞到外太空俯瞰地球是什么感觉？那就是由鲲化鹏的感觉，是上帝的角度。

我一向认为人应该是遨游的生物，是飞翔的生物，停滞会使人庸俗和渺小。而人一旦改变了视角，改变了空间位置，思想就开始向新的领域拓展。所以我们的思想是立体的，视野是宏观的，这个世纪的人类已到达前所未有的高点，有着前所未有的宽阔。

四十年前，邓小平看到了中国与世界的差距，他伸手推开了中国的窗户。他有一句名言：发展是硬道理。中国持续发展到今天，改革开放是唯一的道路。这是一条宽广的道路，必须畅通无阻。宽是大道，通是保障，是趋势；坚持改革开放不停步，是谓大道之行也。

李后强，男，汉族，1962 年 8 月生，重庆云阳人，博士，教授，1992 年破格晋升为四川大学教授，享受国务院政府特殊津贴。中共十五大代表，四川省社会科学院党委书记，美国《财富》全球论坛顾问。在非线性系统学、区域经济学、科学哲学、政治学、政策学等方面有较多研究。主持和完成国家及部省级科研项目二十多项，在国内外重要刊物和出版社发表论著五百余篇（部）。曾获"四川省十大杰出青年"称号、中国化学会青年化学奖，获国家教委科技进步奖一等奖（甲类），获中共中央组织部、人事部、中国科协颁发的中国青年科技奖，入选国家教委"跨世纪优秀人才培养计划"（环境类），两获中国国家图书奖。系四川省学术和技术带头人，四川省第十三届人民代表大会代表。

◎李后强

宽窄在心　宽窄在蜀

四川成都武侯祠有一副对联："能攻心则反侧自消，从古知兵非好战；不审势即宽严皆误，后来治蜀要深思"。在成都市中心还有一个著名的景点，叫

"宽窄巷子"，每天游人如织，十分热闹。这正好说明，宽窄在心，宽窄在蜀，宽窄是认识问题、是辩证法，"宽窄学"诞生在成都。

　　人生道路是越走越窄，还是越走越宽？不同的人答案不同。这说明宽窄是人生观。宽窄与心态有关。世界本无宽窄，宽窄全在心间。世上本无难易，难易全在感悟。可从宽窄见心态，看境界。地球是窄，宇宙是宽。小河是窄，大海是宽。固体是窄，气体是宽。吸烟是窄，吐烟是宽。个人是窄，集体是宽。回家是窄，上班是宽。私享是窄，共享是宽。地狱是窄，天堂是宽。死亡是窄，活着是宽。静止是窄，运动是宽。有限是窄，无限是宽。有形是窄，无形是宽。囚禁是窄，自由是宽。在山脚是窄，在山顶是宽。只顾自己是窄，心怀全球是宽。酒在杯中激荡是窄，烟在空中弥漫是宽。种子下到田间是窄，烟叶制成商品是宽。由宽走向窄是深度，由窄走向宽是大度。上善若水任方圆。水有固态、液态、气态三种状态，宽窄尽展，但不能脱离地球，总有边界。记忆是窄，忘记是宽。人的许多痛苦源于比较和记忆，其实自由才是人生最高境界。平等、民主、幸福的前提是自由，失去自由就失去一切。人格、尊严、财产都将失去。因此，自由是最基本的需求，囚犯就是被剥夺自由。人的需求分为动物性、心理性、发展性、符号性、实现性、超越性等类别，但主要是生理性和社会性需求。调整心态就改变了宽窄。宽窄是认识论、辩证法、智慧学。

宽窄是维度观

　　宽窄与空间维数有关。宽窄不是客观存在，只是比较方式，与人的立场、观点、方法有关。不同的人，对宽窄的理解和认识不同。在不同的空间中，宽窄不同。宽窄是一种"量子纠缠"，有宽就有窄，有窄就有宽。从物理学来看，宽窄与空间维数、运动速度密切相关。维数越高越宽，维数越低越窄。人间冲突发生的根本原因是空间维数不够大。比如在二维是窄，在三维就是宽；在三维是窄，在四维就是宽。空间折叠是一种因为强大的引力使空间发生扭曲的现象。这种现象是真实存在的，因而在理论上只要能达到一定的引力就能使空间发生弯曲，相当于要从一张平整的纸一端到另一端除了走两点间的直线外，还可以直接把纸叠起来，让两点靠近。因此人们普遍认为黑洞能够穿越遥远的空间，因为黑洞具有无比巨大的引力，连光都不可逃脱它的吸引，在这样的引力下空间也有极大的可能被折叠，这也就使得不超越光速却能在短时间内进行宇宙旅行成为了可能。皮亚诺曲线是一曲线序列的极限。只要恰当选择函数，画出一条连续的参数曲线，当参数 t 在 0、1 区间取值时，皮亚诺曲线将遍历单位正方形中所有的点，得到一条充满空间的曲线，皮亚诺曲线是一条连续而不可导的曲线，是分数维数。皮亚诺曲线是一条能够填满正方形的曲线。在传统概念中，曲线的维数是一维，正方形是二维。在可见光范围，可以看到宽窄，但在极长和极短波长区间就难以看到宽窄。

宽窄是变换观

1981 年，西班牙学者圣地亚哥·卡拉特拉瓦凭借天才的论文《论空间结构的可折叠性》获得博士学位，这篇论文是他走向大师道路的起点。他提出了一个结构理论，试图系统地生成与示范将三维结构折叠成二维结构，再变为一维结构。这与电影《盗梦空间》中折叠城市空间一样奇妙，但他是由精确的计算与缜密的分析得出的结论。中国科幻小说《北京折叠》，讨论了一些经济学和社会学的问题，它提出空间是可以折叠的，大地是可以翻转的。拓扑学是研究几何图形或空间在连续改变形状后还能保持不变的一些性质的学科。在拓扑几何中，没有大小宽窄。它只考虑物体间的位置关系而不考虑它们的形状和大小。在拓扑学里，重要的拓扑性质包括连通性与紧致性。什么是拓扑呢？拓扑学被称为橡皮几何学。它们在图形被弯曲、拉大、缩小或任意的变形下保持不变，只要在变形过程中不使原来不同的点重合为同一个点，又不产生新点。换句话说，这种变换的条件是：在原来图形的点与变换了图形的点之间存在着一一对应的关系，并且邻近的点还是邻近的点。这样的变换叫作拓扑变换，两个图形叫同胚。同胚是两个拓扑空间之间的双连续函数。同胚是拓扑空间范畴中的同构。因为如果图形都是用橡皮做成的，就能把许多图形进行拓扑变换。例如一个橡皮圈能变形成一个圆圈或一个正方形圈或三角形圈。但是一个橡皮圈不能由拓扑变换成为一个阿拉伯数字 8。因为不把圈上的两个点重合在一起，圈就不会变成 8。

宽窄是价值观

传统价值论在数学化程度上的局限性，从根本上决定了它在实际应用上的局限性。宽窄价值论的出现，冲破了传统研究思路的约束，实现了价值论的逻辑化、数学化、美学化、科学化、实效化，把主观与客观、有形与无形、精神与物质、需求与供给整合了起来，闯出了一条充满希望的新路子。宽窄不是对立统一，而是差异协同。椭圆哲学、协商民主、小我与大我、现在与未来、古代与现代、四川与世界、盆地与全球，都是协同关系，甚至是"量子纠缠"现象，可以创建"宽窄学"。这门学科属于认识论、方法论、世界观、价值观范畴，可以提升人品、人格、品质、品格，提高产品质量和层次。在宽窄价值论中，有十大定律：转化定律，就是宽窄可以互换；层级定律，就是宽窄有不同能序；互补定律，就是宽窄可以相互填充；协同定律，就是宽窄可以耦合促进；相对定律，就是在确定时空宽窄可以比较；取向定律，就是己所不欲勿施于人则由窄到宽；品位定律，就是高为宽低为窄；审美定律，就是眼宽物美心小路窄；连续定律，就是宽窄可在 [0，1] 中连续变化；感恩定律，宽是感恩窄是受惠，互予互动。

宽窄是系统论

一切皆过程。宽窄是过程，是层级、是认识、是境界、是品位、是人格。宽窄系统论，是在宽窄视域下研究事物元素、组成、层次、结构、功能及其相互联系、作用的学说，是唯物辩证法及非线性系统论的认识论部分，本质是系统元素的耦合、协同、转化和升华。系统论的基本思想是把研究的对象看作一个整体来对待，从整体出发来研究各要素的相互关系，从本质上阐明其结构、功能、行为和动态，从而把握整体达到最优的目标，产生新的质，1+1 大于 2，具有非线性效应，学科包括控制论、突变论、信息论、混沌学、分形学、孤波学、耗散结构、协同学等。在数学中，几何点没有大小、形态，因此抽象的元素没有大小和形态。元素有个数、状态和关系的区分。一个系统可以被定义为元素的集合和元素之间关系的总和。在复数空间中，不能比较宽窄，因为有虚数单位存在，规定 $i^2 = -1$。在矢量空间中，不能比较大小，因为有方向。在分形中存在自相似结构和分数维数，任何局部放大就是整体形态，不能比较宽窄。宽，相对于更大尺度，就是窄；窄，相对于更小尺度，就是宽。在宽窄系统论中，由不同宽窄尺度可以构成系统，宽窄是尺度谱系。

　　总之，只要空间是柔性的或者是曲面的或者是高维的或者是分数的，宽窄就是不确定的。只要在高速的或者在强引力的或者在超弦的或者是在复数的情况下，宽窄就没有定数。宽窄看似普通平凡，其实充满玄机妙算；宽窄看似客观存在，其实就是虚实变换；宽窄看似简单初浅，其实属于科技前沿；宽窄看似几何形态，本质却是人性心态；宽窄看似天天相见，实际正是时时流变。宽窄系统学和宽窄学，是辩证法、是认识论、是世界观、是大智慧、是大概念、是大学问！

行到窄处潮头阔

◎李瑾

李瑾，男，山东沂南人。汉语言文学学士、新闻学（文学）硕士、历史学博士。业余时间，读书著文自娱，有作品在《人民文学》《诗刊》《中国作家》《星星》《诗歌月刊》《大家》《人民日报》《解放军报》等几十家刊物发表，并入选《思南文学选刊》等数十种选本。曾应邀参加草堂国际诗会和成都诗歌周，获得李杜诗歌奖、第三届全国职工诗词创作大赛、中国诗歌网2018年十佳诗人、《华西都市报》2018年十佳诗人、"新诗百年、放歌黑河"诗歌大赛等奖项，出版诗歌集《人间帖》《孤岛》，散文集《地衣——李村寻人启事》，评论集《纸别裁》等多部作品。

一直觉得，忆旧述往是白发人讲的少年事。现在有个机会谈谈过眼云烟，虽非论定，亦算自己向自己述职——权且当个回忆录吧。我辈不名于世，讲的是普通人的旧有，未尝没有些新意思。

话说某年，我出人意料考上大学，却无"仰天大笑出门去"之慨，因由着实简单，不理想。将通知书取回家，爹正吃饭，咬了一口煎饼，吧嗒吧嗒嘴：山东出人，大学生牛毛一样，毕业了，县城都去不了，咱还是邻居，你在乡里，俺在村里。点点头，又摇摇头，眼神甚为遥远。

其时，大学生远非骄子，已从天上掉地上，摔成好多瓣儿，说是屠狗之辈，并不算夸张。报到毕了，瞅瞅校园，没有新鲜感，常一个人在宿舍发呆。几个不知道内情的，竟把我当思想者，觉得深沉。我暗窃琢磨自个儿命运，咋个才能不回乡里。乡里不是不好，也黄发垂髫，鸡犬相闻，但和种地没啥区别。老一辈当牛做马惯了，穷怕了，都不愿回去受罪。四叔揶揄我时就说：在乡里上班的，胳膊下就比俺多个包儿，还不是真皮的，俺还多把铁锨嘞。

一天，和学长在校门口酒馆儿捏着盅子闲聊。该兄自镜片后探出双睛，又推了推镜框：中中中。端详了我一会儿，又说：觉悟早啊，我这都晚了。不想回去打更，考研啊。又说：考上大学，拿了张名片罢了，要想省城、京城工作，谋个理想差事，骑永久，戴石英，得考研。这么讲吧，考上硕士，才敲开了一辈子的大门。回宿舍时，路虽有些晃，但心情极是畅快。

我学的是中文，官称汉语言文学，其实就两个门类，语言和文学。语言是不能碰了，我舌头根子硬，一说普通话，得拽出来将半天，发音和俄罗斯鹦鹉差不多。扒拉来，扒拉去，只能搞文学了。一天晚上，文学评论老师，把几个文学社的弄到一起，坐而论道，尚未开场，电就停了。蜡烛刚点了，老师就说，灯下谈文学，是多么纯粹的理想生活，不可得，不可得啊。我听了，脑袋就空了。考虑了两天，想考文艺理论。还斗胆给北京大学董学文先生去信，说明了欲投门下之愿。董先生亲笔回函，一则鼓励，一则开列了书目，让我准备。遗憾的是，董先生信札遗失多年。时过境迁，已不可能记起一个毛头小伙子的"敲门声"。

一般人不会想到，我准备考研是在大一上学期，也就是说，甫一入学，就没打算混个本科文凭回去。彼时，学校重视英语教学，不知谁搞的，把四、六级过关率，作为校建考核指标。考研一共五张试卷，三门专业课，一门政治，一门外语。除了日常课程，我全部时间便是背单词、读文艺理论。这样的日子，其实苦而有味。比如，学校怕学生上学期间添丁，便让学生会的组个团，分几队，一到晚上，手电筒晃来晃去，抓不文明恋爱，就是防止拉手、接吻、钻树林。我常在图书馆背面的窗户下读书，空旷，无人，煞是安静，十点多了，兀自念念有词。很多次，我被抓恋爱的拿手电筒照了，问女朋友呢？我说没有。人家不信，就晃小树林，当伊是狐仙，跺跺脚就遁了。确定没有，才哼哼唧唧地收了兵。当然，我看见男女手拉手，俗心也乱。一次，和贾平凹先生扯闲篇，我还说起大学时看上了一个长发及腰的辫子姑娘。那个姑娘眼里有水，一看我，就觉得自己化了。但对于她，仅限于想想，一句话没说过。我只有一个心思，学习。一个农民的孩子，除了学习，还有啥资格兴风作浪？

假期回家，和爹谈起自己的志愿。爹大喜，说：文艺理论干啥的？我说：评论文学啊。爹说：毕业了呢？我挠了挠头：不知道。爹听了，嘿嘿几下，不吱声了。这个假期，是我大学期间最难熬的一段，我又重新当起了思想者。请原谅，一个农村的孩子，已无法忍受"晨兴理荒秽，带月荷锄归。道狭草木长，夕露沾我衣"的日子，这样的生活一眼能看到头，就是床头、地头和坟头，吃块肉都困难，还谈啥劳什子理想，根本和农村沾不上边儿。中间，和几个学长通了信，都说学法律有前途，进则公检法，退则当律师，饭碗当当响。于是，我决定跨专业，自学法律。

回到学校，我买了全部必需的专业书籍，一边啃条文，一边学英文。此时，已有必修课和选修课之分，每门课都是积学分的。我心中暗动，学分满了，是不是可以提前毕业？是不是可以提前工作？这个念头让我彻夜未眠。因为，之前尚没有提前毕业的成例，行不行，并不晓得。但自此以后，我除了学习本级的课程，又修高年级的课程：大一时，跟着大二上；大二时，跟着大三上；大三时，跟着大四上。我的学业很顺利，大一过了英语四级，大二过了英语六级。当时，班里三十九个学生，我是三个过六级的学生之一，且是唯一的男生。之所以提这点儿"光辉"历史，因为日后帮了大忙，此处暂且不表。

学了半个学期的法律，心里颇不是滋味儿。我心里始终有个文学梦，初中时，还在民刊发过诗歌，学了这些硬邦邦的东西，恐怕再回不到缪斯的怀抱了。琢磨了几个星期，我决定换专业，自学新闻，新闻和中文搭界，照样和文字打交道，就业门路又宽，还能做"无冕之王"。大二上学期，我攒了钱，一溜烟上了北京，去北京大学、中国人民大学等名校看了看，买了几十本专业书籍，背回了学校。大三上学期，积学分、提前毕业事宜眉目渐清，学校没有同意，也没有不同意，态度模棱两可。消息慢慢透出去，一下子炸了锅，同学们议论纷纷，特别是知道了我的野心后，都揭竿而起。班主任开会说，想考可以，两个条件：一、这学期期末考试必须班级前三名；二、英语必须过六级，且不准跨专业。我听了，窃喜。虽然只有英语这个条件符合，但总觉得功夫不负有心人。期末考试，列全班第二。班主任又开会说，除了李瑾，都不准备报。有人提意见，他不是本专业。班主任说，你过了六级，考了前三名，也让你报。

大三上学期结束，放了暑假，我在李村联中，找了个地方学习。爷爷是学校老师，退休返聘，做校工，和奶奶住在里面，世外桃源似的。我搬个桌子，放上几十本专业书，又拎个长条椅子，躺在上面，脚搭在桌子上，闭着眼睛，听着树叶哗哗响，半天工夫，能把书中的内容复述一遍。假期结束，书就烂了。下学期开始，我继续加紧备战，但突然碰到了意外。当时，身体好，吃得多，但饭食都跟不上，一次去图书馆途中，天旋地转，眼冒金星，几欲跌倒。我扶着一棵树坐下来，犹晕头转向。我认定自己神经出了问题，怕是累崩溃了。想起自己不能考研了，想起自己离文学的梦远了，想起自己让父母失望了，顿时悲从中来，泪如泉涌。等慢慢平复了，我把书本扔到教室里，去了录像厅。那时，学校门口录像厅比比皆是，十块钱一个通宵。我一连看了一周，等到第八天，我确认自己没有崩溃，大约是累倒了，才走出录像厅，回到了图书馆——至今，我认为最好的休息方式，就是看电影，且必须是动作、恐怖、战争等影片，这样的电影不费神，又热闹。

成绩出来，英语和政治都超过了65分，专业课都超过了90分，尤其写作课，高达98分。我给硕士导师李成野先生打电话。成野先生说：别叫先生，改叫老师吧。我心里一下子就有了谱儿。

就在我踌躇满志时，一个老师偷偷说：还美呢？你被告了。我大惊：告啥啊？老师摇了摇头，又说：中文系老师哪个不知道？我去找系书记，他把头摇得像拨浪鼓：没有，哪有，咱系里团结一心志如钢嘛。写作课老师说：具体我也不清楚，就知道有人写了信。一次，碰见文学课陈老师，他现在四川大学任教，指着我说：李瑾啊，任何时候都不要忘记"阶级斗争"。这个事情，稀里糊涂地就过去了，不久收到了入学通知书。由是，我成了学校，也是省历史上唯一一个大三跨专业硕士研究生。某天，突然想起，大三毕业，交了四年学费，总得退一年的吧，省不少费用呢。便壮了豹胆，去找刘校长。校长客气让我坐了，听了来意，微笑着说：学校让你毕业就不错了，还要钱？我一听，兔子般蹿了。

硕士入学第一天，我很是胆怯，找到研究生部说明情况，主管研究生工作的朱老师说：我不管你大三，还是大四，有学位证就行。我说：有学位证，没毕业证。朱老师笑了：你的毕业证明年才发。过了几天，朱老师递给我一封信：李瑾啊，留着做个纪念吧，小人多啊。打开一看，是一封告状信，暗自好笑，该信至今犹在箱底，以备检索。

目下，我已工作多年，专业也与新闻无关，且社会翻天覆地，农村已成为梦中的田园，"此一时，彼一时"之感常在心头盘旋。当然，我也会为当年的俗气、土气和狭隘的乡土观暗自赧然。但人生总是这样的，和演戏一般无二，不时会有新的角色和舞台，在前面候着。

行文至此，忽然想起一句话："积极争取，顺其自然。"一个人要做的，无非拿出自己的心志勠力而为，其他的，无须计较，行到窄处潮头阔，即便方向变了，只要付出了，也会别有洞天。

李少君，1967 年生，湖南湘乡人，1989 年
毕业于武汉大学新闻系，主要著作有《自然集》
《草根集》《海天集》《神降临的小站》等，被誉
为"自然诗人"。曾任《天涯》杂志主编、海南
省文联副主席，现为《诗刊》主编，一级作家。

◎李少君　诗歌里的宽与窄

　　杜甫是一个一生颠沛流离的诗人，其诗歌形象，
一般也认为是忧国忧民的悲苦形象，这从各种关于
杜甫的画像雕像就可以看出来。但奇怪的是，我们
读杜甫的诗，有时并没有悲苦的感觉，问题在哪里？
我觉得主要有两个特别之处起到了作用，一是杜甫
曾经是一个"主体性"强大的诗人，即使到晚年，
这种强大的"主体性"还会显露出来，但最终他走
向了"人民性"，由个人走向广大的人生，由窄走到
了宽；二是杜甫总是将人事置于自然的背景下展现，
在自然开阔浩大的背景下，人间再大的凄楚孤独也

显得很渺小，自然的美，安慰了痛苦悲哀的心灵，宽与窄的辩证关系在这里尤其明显。

杜甫早年的"主体性"是非常突出的，他有诗之天赋，天才般的神童，七岁就写出过"七龄思即壮，开口咏凤凰"这样让人惊叹的诗句。年轻的时候，杜甫意气风发，有过"致君尧舜上，再使风俗淳"的理想，也曾经充满自信地喊出"会当凌绝顶，一览众山小"，对世界慷慨激昂地宣称"济时敢爱死，寂寞壮心惊""欲倾东海洗乾坤"。杜甫不少诗歌中都显现出其意志力之强悍，比如："骁腾有如此，万里可横行"，"何当击凡鸟，毛血洒平芜"，"安得鞭雷公，滂沱洗吴越"，"尔曹身与名俱灭，不废江河万古流"，"来如雷霆收震怒，罢如江海凝清光"，"杀人红尘里，报答在斯须"，何其生猛！杜甫自己若无这样的意志和激情，不可能写出这样决绝强劲的诗句。

惜乎时运不济，杜甫的一生艰难坎坷，他长年颠沛流离，常有走投无路之叹："残杯与冷炙，到处潜悲辛"（《奉赠韦左丞丈二十二韵》），"真成穷辙鲋，或似丧家狗"（《奉赠李八丈判官暧》）。再加上衰病困穷，因此常用哀苦之叹："贫病转零落，故乡不可思。常恐死道路，永为高人嗤"（《赤谷》），"老魂招不得，归路恐长迷"（《散愁》其二）。杜甫一生都在迁徙奔波和流亡之中，但也因此得以接触底层，与普通百姓朝夕相处，对人民疾苦感同身受，使个人之悲苦上升到家国天下的哀悯关怀，最终超越了个人小我，走向了"人民性"。

安史之乱期间，杜甫融合个人悲苦和家国情怀的诗歌，如《哀江头》《哀王孙》《悲陈陶》《悲青坂》《春望》《新安吏》《潼关吏》

《石壕吏》《新婚别》《垂老别》《无家别》等，杜甫以一己之心，怀抱天下苍生之痛苦艰辛悲哀，成为了一个伟大的诗人。杜甫最著名的一首诗是《茅屋为秋风所破歌》，在诗里，杜甫写到自己草堂的茅草被秋风吹走，又逢风云变化，大雨淋漓，床头屋漏，长夜沾湿，一夜凄风苦雨无法入眠。但诗人没有自怨自艾，而是由自己的境遇，联想到天下千千万万的百姓也处于流离失所的命运，诗人抱着牺牲自我成全天下人的理想呼唤"安得广厦千万间，大庇天下寒士俱欢颜，风雨不动安如山"，"何时眼前突兀见此屋，吾庐独破受冻死亦足"！这是何等伟大的胸襟，何等伟大的情怀！在个人陷于困境中时，在逃难流亡之时，杜甫总能推己及人，联想到普天之下那些比自己更加困苦的人。

第二，是杜甫总是将人事置于自然的背景下来感叹、展开。他写的景色总是极其壮美，"一川何绮丽，尽日穷壮观"，"无边落木萧萧下，不尽长江滚滚来"，"吴楚东南坼，乾坤日夜浮"，何其壮丽！杜甫能把景色写得如此恢宏开阔，其实还是源于其强调的生命意志力的主体性，这种主体性使他任何时候都不气馁。所以无论他本人处境如何凄惨，他的诗歌仍然让人读来有一种生气，因为，大自然本身是生机勃勃、生生不息的。

《旅夜书怀》就特别典型，这首诗只有八句："细草微风岸，危樯独夜舟。星垂平野阔，月涌大江流。名岂文章著，官应老病休。飘飘何所似，天地一沙鸥。"把杜甫晚年孤独的形象展现得淋漓尽致，但另一方面，这首诗似乎又一点也不悲凉，"天地一沙鸥"，其实，何人不是如此啊？何况还有"星垂平野阔，月涌大江流"这样值得人生留恋的美好景色。

　　还比如《秋兴》之一："夔府孤城落日斜，每依北斗望京华。听猿实下三声泪，奉使虚随八月槎。画省香炉违伏枕，山楼粉蝶隐悲笳。请看石上藤萝月，已映洲前芦荻花。"前面还是"听猿实下三声泪"，最后却说"请看石上藤萝月，已映洲前芦荻花"，杜甫总能从大自然中找到美丽、温暖和安慰，窄小的个人在宽阔中得到了慰藉。

　　所以，杜甫的诗歌其实是宽与窄的辩证法，让人在这种平衡中获得美与安心。

　　关于诗歌的宽与窄，我自己也有过深刻的体会。上世纪九十年代中期，因种种原因，我陷入一种困惑和迷茫，无法安下心来，也就无法悠闲地埋头一向喜欢的诗歌。我只好暂时中断诗歌创作，开始转向对思想和社会问题的了解和探讨。但同时我还是很关注诗歌，仍然每天读一些古典诗歌，也继续同步阅读当代诗人的创作。2000 年前后，我调到了《天涯》杂志，介入众多重大社会思想问题的讨论。在参与和见证无数复杂而严肃的思想争论之后，一方面视野更为开阔，但另一方面，奇怪地发现自己内心里反而觉得诗歌更个人化和更亲密，于是想为诗歌做点事情。我开始编一些诗选，诗歌阅读量明显增加，在推介当代诗歌的同时，也开始对当代诗歌有些不满，在编诗的同时，也写评论表达自己的诗歌观。我还参加一些诗歌活动。正是这些活动使我得以周游大地山河，大自然的美丽在慰藉我心灵的同时，也再次刺激我的诗思。就这样，我总是在神奇自然的现场写诗，就像我后来说的：山水自然是我的庙堂和道场。

　　我的《神降临的小站》就是这样写出来的。2006 年年底，我到美丽的呼伦贝尔大草原，当时已是寒冬，近零下四十摄氏度，我们的车突然出了一点故障，要停下来修，我们只好走出来，外面冷得够呛，遍地白雪皑皑，不见人影。但天上却有星空，而且草原上看天空，觉得伸手可及，很近，很矮，天空的颜色也很温和，蓝绒绒的。所以，当别人都冷得在跺脚时，我却感觉很安静很温暖，就这样仰望星空，一时有很多的联想。一方面，我觉得人在荒野上如此渺小，几乎可以忽略不计，但另一方面，又奇怪地感觉心胸逐渐开阔。好像心灵彻底清空了，可以放下很多东西。这时，身体已经无足轻重，也许是冷得麻木了，感受感觉却开始活跃，精神与灵魂开始清净广阔。就这样，我在纸片上记下了一种现场的感觉：

　　　三五间小木屋
　　　泼溅出一两点灯火
　　　我小如一只蚂蚁
　　　今夜滞留在呼伦贝尔大草原中央
　　　的一个无名小站
　　　独自承受凛冽孤独但内心安宁

　　随后，我缩小成一个点，并由这个点开始去看世界，这一看就看出了很多平时所忽略的：

　　　背后，站着猛虎般严酷的初冬寒夜
　　　再背后，横着一条清晰而空旷的马路
　　　再背后，是缓缓流淌的额尔古纳河

在黑暗中它亮如一道白光

再背后，是一望无际的简洁的白桦林

和枯寂明净的苍茫荒野

再背后，是低空静静闪烁的星星

和蓝绒绒的温柔的夜幕

最后，我所看到的使我大吃一惊："再背后，是神居住的广大的北方"。在那一瞬间，我感到从未有过的神圣和广大，从未有过的心满意足和安详平静；那一瞬间，我感到超越了我自己，我的灵魂在上升。

关于这首诗歌，后来众说纷纭，我觉得评论家田一坡的评论很到位，他说："当诗人在无名小站看得越远时，他也就越深地回到了自己的内心。他所打开的世界越是广阔，他所呈现的心灵空间就越是丰富。最终，这种既是向外又是向内的开启被引向最高的地方：神所居住之地。正是在那里，我们才得以体味到那最澄澈最明净的心是如何把自己维持在丰富与开阔之中。"

诗歌里的宽与窄，其实是一个人的视野与认识所能感受与把握的，我每一次阅读杜甫，总是能感悟到更多。

李元胜，男，当代著名诗人、生态摄影师。重庆文学院专业作家、重庆市作家协会副主席、中国作家协会诗歌委员会委员，曾获鲁迅文学奖、《诗刊》年度诗人奖、人民文学奖、十月文学奖、重庆市科技进步二等奖。

给自己选条窄路

◎李元胜

　　1984 年的一个深夜，在嘉陵江边一个陈旧的老厂区里，我心事重重地走着，脚步不能匹配云淡风轻的夜色。夜班巡查，是棉纺厂动力车间值班长的例行工作，差不多每隔两小时，就要把保障全厂水电空调正常运行的关键岗位检查一遍。工作简单，值班的师傅们都是久经考验的段子手，交流完工作，再聊几句天，常能让人笑得神清气爽。所以，我的心事与深夜的巡查无关。我只是在犹豫着，要不要放弃自己苦学四年才得到的工程师职业。

　　棉纺厂的车间值班长以及即将从事的电气工程

师，是我大学毕业后的第一个岗位，大学毕业才几个月，我已经深深迷上了这里的一切：有趣的人和事（他们非常温和地让我能认识社会，还带来了想写一写的冲动），能让书本知识派上用场的技术实践机会（原来学过的枯燥的公式，竟然真能解决大问题，几次尝试的成功让我确认所学有用，自己有用）。但是从大学二年级就开始的文学爱好，又总是诱惑我胡思乱想。一个多月前，我抱着玩耍的心态参加了《重庆日报》的公开招聘考试，没想到，他们真的打算收下我，而且答应我可以通过一段时间的学习，做文学副刊的编辑工作。我这个踌躇满志的年轻工程师，在顺风顺水的职业道路旁，突然出现了一个极富吸引力的岔路口。

犹豫的我请教了身边不少朋友，没有一个人支持我放弃专业，去媒体从头学起。有一个长辈问我，你是喜欢文学创作，还是喜欢编辑工作？我说，喜欢文学创作。他说，那你继续搞专业，一样可以文学创作嘛。我说不一样，编辑工作毕竟离文学近些。其实，我心里更真实的想法是，两个同样有吸引力的事业，我最终是只能选一个的。那么，我犹豫的原因其实是，选几乎看不到成功希望的文学，还是格局已成的工程师职业。

白天的忙碌让我来不及细想，深夜一个人走在厂区里，却不禁浮想联翩。不觉间，我已走到工厂边缘的一个检查点，这里很靠近嘉陵江了。我抬头看了看夜空，正上方不见月亮，却有着满天繁星，银河隐约可见，突然就想起陈子昂的《登幽州台歌》那句"念天地之悠悠"，还真是得仰头对着银河，才体会得到"悠悠"这两个字的旷远。就那一瞬间，觉得身边的事、心上的事，都变得很小很轻了。我又一次，真切地体验到文字的力量。像是有某种启发来到心上，就在那个晚上，我决定了，放下四年所学，放下这个让自己感到充实的岗位和职业，选一条最难的窄路走。只有这样，自己才没有退路。

虽然我做了选择，但还是想报告父亲后才最后定，父亲一直因我能成为工程师而宽慰甚至骄傲，而且，作为新中国的第一批大学生，他和母亲的经历，对从文的职业有着后辈们不能理解的顾虑和担心。父亲听到我的想法后，沉默了一阵，最终，他选择了支持。他支持的理由是"对你来说，可能是最适合的"。

于是，我成为了媒体人。为了走好这条窄路，我做了一个文友们都不太理解的决定，两年内停止业余创作，干好工作之余，我要系统地研读。当写作不是兴趣，而是一项事业，作为一个工科生，我需要好好补课。从我居住的重庆歇台子，只需转一次车，就可以上南山。那时的南山，游人稀少，有时整个山谷没别人，你可以对着天空大声朗读，四周应和你的只有隐隐的回音。一旦有完整的一天，我都会背上挎包，里面有馒头和水，坐着公共汽车晃晃悠悠上南山。这是最大限度地排除干扰，让自己专心读书的笨办法。虽然笨，但人很舒服，没有比在树林里读书更舒服的了，没有比散步更能增加阅读耐力的了。所以，我的阅读和其他人真不一样。有些书我一翻开，就知道是在哪一条小道，是坐着还是走着读完的。这些书像磁带一样，录下了我的阅读过程和环境，包括偶尔突然而至的山雨。

和之前的享受型阅读不一样的是，这一轮阅读（其实多数是重读），我是当成学习谋生技巧来读的，俄罗斯诗人式的抒情，新批评的文本细读，博尔赫斯呈现世界观的方法，李白的联想，清人的幽趣。我都像啃馒头一样，一点一点地慢慢嚼慢慢回味，一句一句推敲它们。我的挎包里，还有一些空白卡片，读到妙处，或者联想起些什么，我会掏出卡片记下来。这个习惯之后一直伴随着我，只是后来卡片变成了手机上的记事本。

从偶尔写写的文学爱好者，到有预谋的写作者，我对自己的规划带来了两年的贪婪阅读，并给自己打下了薄薄的基础。至少，我有了一些可以参考的坐标，能相对客观地对照自己的习作，看到它们的一些明显缺陷。对写作的技术细节的关注，也逐渐增强了自己的写作能力。但最重要的是，我带着一种警惕从文青的习惯性自恋中走出来，能够真正地审视和衡量复杂的自我。

十年之后，我已经成了一个老到的媒体人，一个能在有影响的文学刊物上发表作品的青年诗人，交友甚多，爱好广泛。紧张的工作之余，我除了写作，还是业余棋手、音乐发烧友、业余书商、球迷、麻将爱好者、钓鱼爱好者、电脑游戏发烧友。日复一日，忙得不亦乐乎，有时感觉睡觉的时间都不够。一条窄路活生生地走成了宽路。

记得还是一个深夜，我在渝中区和平路附近一个巷子里走着，人还沉浸在麻将牌局的各种意外中，要走到大街上，才能打的回家。走着走着，突然一个激灵，就从变幻莫测的牌局里走出来了，甚至，从这几年的生活中走出来了。夜深人静，我汗如雨下地推敲了一下自己的日常，如果把工作时间除开，活生生的老有所乐的退休生活啊。

第二天是星期六，不顾一片谴责声，我放弃了棋友们的聚会，一个人在家里检讨自己。整理读书卡片时，我发现，以前一天甚至几十张的笔记，早就变成了一个月几张。整理诗稿时，我发现这几年写的互相重复，简直难以挑选。我不得不承认，自己迷恋的写作，因为写作时遇到的瓶颈，也因为其他事情的吸引，早就原地踏步重复自我了。而在其他的玩耍时，我又时常闷闷不乐，觉得这些活动不够过瘾。其实我还是最喜欢一个人安静写作，喜欢不时有意外进阶的那种沾沾自喜。

当天，做了一个重要的决定，把最占用时间的娱乐删了，让自己回到十年前的窄路状态里去。最占用我的时间的活动有两个，麻将和围棋，它们就在那个星期六被我彻底删了。后来偶尔还在网上下盘围棋，但是麻将再也没有碰过。真的，本来以为很难的事，就这样被戒掉了。

我开始了新一轮兴致勃勃的研读，而且，从之前更喜欢研究外国作家的作品，到系统地研读当代中国作家特别是中国诗人。因为年岁渐长，和之前研读的重点完全不一样了，之前特别关心写作的技术细节，这一轮的研读，则更多是读格局，读文本的意外。

从这个阶段之后，我的写作和阅读都稳定了下来，它们互相补充地占据着我的主要业余时间。我的《走得太快的人》这首诗，就是这个阶段的开始，从此之后，每几年就会有几组自己相对满意的作品写出来。

宽路被删回成窄路，好在，窄路虽然行进艰难，却更有着人所不知的风景。如今，回顾自己年轻时的两次选择，我还是很庆幸的。我是个随性的人，而且并无抱负。能把一个喜欢的事情坚持下来，至今兴致不减，这两次选择起到了至关重要的作用。

刘笑伟，1971 年生，河北石家庄人。中国
作家协会第九届全国委员会委员、军事文学委员
会委员，现任《解放军报》文化部主任，大校军
衔。1990 年 3 月入伍，历任学员、排长、参谋、
干事、科长、副站长、秘书、副主任等职务，管
理学硕士。先后出版诗集《美丽的瞬间》《表情》
《想象力》《歌唱》《刘笑伟抒情长诗选》，长篇纪
实文学《梦醒时分》《世纪重任》《震撼世界的和
平进驻》，长篇纪实散文《又见紫荆花儿开》《情
满香江》《边走边看》，长篇政论体散文《中国道
路》等十四部著作。曾获第七届、第九届全军文
艺新作品奖和第十一届全军文艺优秀作品奖，全
军抗震救灾题材文艺作品评奖优秀作品奖，多次
获得《解放军文艺》年度优秀作品奖。2009 年
被《诗选刊》评为首届"中国十佳军旅诗人"之
一，2017 年在新诗百年全球华语诗人诗作评选
中被评为"百位最具实力诗人"之一。

◎刘笑伟

宽窄由心

漫步于春光里，才蓦然发觉：春天比我们想象

的来得更早。仿佛每一株植物、每一片叶脉、每一瓣花蕾里，都隐藏着一粒春天的种子，只要春风一拂，便迅速萌生出来、绽放开来、流动起来，谁也挡不住。不禁想起自己多年前写的绝句《春日三题》之一："寒去冰融三月时，春风细漫杨柳枝。惊觉柔柯发嫩芽，方悔今岁觅春迟。"其实，寻觅春色是不会迟到的，每一天、每一时刻都会有新的发现。

散步间，对人生似乎又有了新的感悟。原野是宽的、大道是宽的，我在其间无碍前行；楼宇间的小巷是窄的、林间小道是窄的，我同样在其间无碍前行。其实宽也好，窄也罢，都没有影响我的行进。因为人的躯体实在谈不上有多"宽"，只要宽度盈尺，就不会有大的障碍。即使遇到更窄的地方，只要不是死胡同，稍微侧侧身也是可以通过的。于是，便想起了朋友圈里的一句话：人生除了生死，全是小事。还有一句：只要自己不趴下，没人可以把你打倒。

人生是有哲学意味的，"宽窄之道"便是其中之一。闻说成都有个宽窄巷子，虽没去过，但那里定是一个明智慧、养心性的所在。设想在这样的春光里，在宽窄巷子的树荫下，泡一壶竹叶青，品茗听风，虚度几日光阴，该是一件多么惬意的事。千余年前，蜀人苏东坡曾与友人泛舟于明月之下，且饮酒乐甚，扣舷而歌。东坡与友人有一段对话，事关蜉蝣天地、沧海一粟，事关山间明月、江上清风，是具有人生真味的。从"变"与"不变"两个角度"而观之"的赤壁对谈，不正如宽与窄，成为感悟人生的两个维度吗？其实，人生的宽与窄，生活的苦与乐，都是由心衡量的，都是由人把握的。人在成功之时，即是人生行至"宽"处时，这个时候不要被胜利所陶醉，不要被表象所迷惑，要多想一想人生的艰难与不易，这样才会保持清醒的头脑。从另一个方面说，人在失败之时，即是人生行至"窄"处之际，这个时候不要被痛苦所左右，不要被挫折所吓倒，要多想一想人生之"宽"，想着所有的失败不过是向成功转折的契机。这样才会有"行到水穷处，坐看云起时"的旷达，才会有"山重水复疑无路，柳暗花明又一村"的开朗。行进在宽窄之间，是人生的常态。宽与窄，并不是固定的，也是可以相互转化的。所以，在宽处要记得窄处的艰辛，在窄处要想到宽处的豁达。行在宽处不觉得宽，行在窄处也不觉得窄，是需要人生智慧的。

世界是有规律的，或者说是有"道"的。人生亦是如此，同样是有方式方法的，"宽窄之道"就是一条重要的方法论。老子说"有无相生，难易相成，长短相形，高下相倾"，宽窄同样具有对立统一的哲学意涵。说到方法论，还是联系自己的人生经验来说，似乎更显实在一些。关于人生的宽窄之道，这些年来，我的体会有三条。

待人要"宽"，对己要"窄"。这句话不难理解，说起来也很容易，但做起来是有一定难度的。我常常想，每个人都会有优点和缺点，要多看人家的优点，多理解人家的难处，让别人感到和你相处空间是宽的。所以这些年来，在工作中我结交了很多朋友，却没有一位真正意义上的"敌人"。大家在工作上都是相互补台，没有相互拆台的。但对待自己，则要"窄"得多。古人讲每日"三省吾身"，大抵是不错的。有一段时间里，我要求自己每天必须读多少书、写多少字，并且坚持了很多年。都说文人相轻，我则相反，没有"轻"过任何作者，对每一位作家都由衷地发现他们为人为文的长处。这些年来，我从一名业余的写作者加入了中国作家协会，并在 2016 年中国作协九大时，成为第九届全国委员会委员。对别人宽，对自己窄，反而为自己赢得了更多的生存、发展空间，或许这就是生活的辩证法吧。

穷时宜"宽"，达时宜"窄"。此处的穷与达，与古人讲的"穷则独善其身，达则兼济天下"是一个意思。也就是说，人生在不得志的时候要对自己好一点，在得志的时候，则要对自己很严格。年纪轻时，既无地位，更无名气，这个时候我对自己是很"宽"的。每次收到稿费，必下馆子美餐一顿。特别是遇到困厄之时，则待自己更好。世纪之交，我在南国的军营遇到了生命中一段灰暗的日子。主要是转换了工作岗位，工作上存在诸多不顺。在这样的环境中，我反而待自己如上宾，每天游泳养生，每天写稿怡情。在此期间，我写下了后来获得"全军文艺新作品奖"二等奖的诗集《歌唱》，写下了获得"全军文艺新作品奖"三等奖的中篇小说《放牧楼群》。逼仄之地，反而成为广阔空间；逆水行舟之际，反而成为人生精进之时。我想，盖是逆境时待己之"宽"的缘故吧。担任领导职务、有了一定名气后，人生也就到了所谓的得志之时。这个时候，一定要有清醒的头脑，对待自己一定要"窄"，无论是做人做官做事，都要格外小心翼翼。对待别人的赞美，也要有正确的判断。我想，四川人巴金写下《随想录》之时，正值他人生得志，但他反其道而行之，待己异常之"窄"，写下那么多反思的文字，显然是得了"宽窄之道"的真谛。

思路需"宽"，行动需"窄"。军事学上有个名词叫侦察，是为查明敌情、地形和有关作战的其他情况而进行的活动。通过周密的地面侦察、空中侦察和海上侦察，经过综合分析判断，最后才会制订出对敌的行动方案。人生亦是如此。比如，对于一位作家来说，书可以读得很"宽"，但写作一定要"窄"，写自己熟练的体裁，写自己熟悉的生活。做事之时，也是一样的。你可以预设很多种预案，想到很多种可能，考察方方面面的因素，但一旦定下来，就要找到"突破口"，一直坚定不移地做下去。近三十年来，我工作换了多种，职务也一直在变化，唯一坚持下来的就是读书与写作。这就是我所说的，行动需"窄"。人生需要漫游，更需要一个方向；视野需要开阔，更需要聚焦。把精力集中到一个方向上，好处是显而易见的。我曾经讲过，任何一个业余爱好，只要坚持十年以上，必能成为这个领域的专家。由于自己入伍近三十年来，一直坚持业余写作，2016年金秋，我有幸出席了中国作协九大，并当选为中国作协第九届全国委员会委员。2017年2月，中国作协书记处研究并通过了军事文学委员会委员名单，我也忝列其中。这是多年之前开始业余写作时，自己从不敢有过的梦想。

春光里漫步，想起了成都的宽窄巷子，想起了苏东坡诸多描写春天的诗句，这看起来是偶然，其实也蕴含着必然。从宽窄巷子到宽窄文化，再到宽窄哲学、宽窄之道，实在是一个巧妙的连接。天才诗人苏东坡，本在苏杭这些"天堂之地"任职，却因"乌台诗案"被贬到黄州，算是行到了人生的窄处，可他并不在乎，心是宽敞的，"回首向来萧瑟处，归去，也无风雨也无晴"——能写出这样的词，人生便无风雨和阴晴了。东坡晚年，因新党执政，更被贬到惠州、儋州，但他依旧吟出"此心安处是吾乡"，平静地迎接命运的安排。在海南，他写下"我本海南民，寄生西蜀州。忽然跨海去，譬如事远游。平生生死梦，三者无劣优。知君不再见，欲去且少留"。这样的诗句里，饱含着诗人人生的豁达、宽窄的平衡。这是一种非常练达浑厚的人生境界。

老子曾说过："吾所以有大患者，为吾有身，及吾无身，吾有何患？"成都的老话也说过："宽巷子不宽，窄巷子不窄。"在明媚春光里想起这些话、这些事，实在是妙不可言。由此看来，"宽窄之道"不仅是成都的文化名片，也是一种对立统一的辩证哲学和人生境界。

人生是有境界的，没有了宽窄之分，便是人生的大境界。

刘萱，笔名萱歌，诗人。西藏"雪域萱歌·喜马拉雅诗歌营地"创办人。1984年毕业于西南师范大学中文系（现西南大学）。曾供职于国务院新闻办公室，2004年至2010年两届援藏，后主动申请调入西藏工作，任西藏自治区政府副秘书长、新闻发言人。

　　大学时代开始发表诗作，为西南师大《五月》诗社创办人之一。著有散文诗集《生命·阶梯》《生命高地》《西藏三章》。在全国性报刊发表诗歌、散文二百多篇，多次获全国散文诗奖项。2018年出版了西藏第一本有声诗集《西藏三章》，在西藏诗歌发展历史上首次开创散文诗"三章"体形式书写西藏。诗作《藏北三章》（二）荣登"文传榜·2016"国内"十大国学文字作品"榜单，全国网络投票位列第一。

◎刘萱

近在咫尺的远

　　儿时，我与邻里的女孩子有点不同，这不同也不算稀奇，也就是爱与男孩子一起玩打仗游戏、捉迷藏而已。然而，也许正是这一点不同，让我更多了一些心灵的野性。

比如，我从小就很不满足于自己生长的小城市，不满足于那个年代仅能读到的"四大名著"和有限的书本里读到的故事。我经常与爱读书的同学结为好友，或在放学的路上、或在昏暗的路灯下"侃大山"。当时我的所思所想经常超过自己的年龄，拿现在的话来说，非常不"接地气"。那时家乡的天空很清透，我还常常在故乡山坡上望着只有雨后天边才会出现的被老人们称为"老山"的远山发呆。

那时的远方离我很远。现代人无法想象的交通不便、"鸿雁传书"的情形是真正的现实，一个月才能收到一封信的情形是家常便饭。时代造成的地理距离仿佛要让我从骨子里理解什么是远。

然而，正是对这"远"的好奇，让我从此踏上了一条"去远方"的人生永不停息的长路。

上世纪八十年代，刚刚十九岁的我好不容易有了一份当时在我们那个城市里看上去很不错的工作，我的父母亲也非常满足，他们期盼着我在这个生活安逸的城市里像我的高中女同学一样，适时谈婚论嫁，过一种适龄女青年应该有的平常生活。偏偏在这时我的一个高中要好的才女同学考上了大学，而且是省外的大学，她的远行求学，再度激起了我对远方的遐想。在她的鼓励下，我也在工作之余试着参加了高考，但因为差几分而未能如愿，眼望远方的我，一度陷入人生低谷。

"为什么他们只是在看到那些美景的时候，眼里才有一丝丝希望呢？为什么我只有在绝望时，才能清楚地看到那些美景呢？"我的这句诗，无意中成了我以及许多人都容易出现的"魔咒"。后来的情况，记录在了我的第一本诗集《生命·阶梯》朋友写的《跋》里："刘萱吃过不少苦，凡是那个年龄阶段的人经历过的，她都有，只是比一般人要求自己过于苛刻，所以后来硬是考上了大学。"多年后，一位朋友发现："刘萱大多数的照片都是深望着远方的，无论一个人，还是和许多人，很特别，解释不清楚。"

没想到，大学毕业时，我经历了又一次"舍近求远"。我们那时大学是包分配的，读大学期间，心中一直有一个目标：好好学习，好好当学生干部，争取通过努力在大学毕业时能分配到一个好工作。功夫不负有心人，我终于成为了中文系连续三年的三好学生，还在才华横溢的七七、七八级学长们毕业后，"山中无老虎，猴子称霸王"，当上了中文系团总支副书记。让我没想到的是，毕业时，居然有几个到北京中央机关工作的名额，而我的条件刚好符合，学校选中了我。可这个消息对我来说则是"悲喜交集"：喜的是我有了到大城市工作的机会，到北京是我想都不敢想的；悲的是我的目标只是想分配到省城就已心满意足了，而我却要远离安逸的家乡去到遥远的北方工作，虽然是首都，在那个年代感觉还是太远了点。最终，让我选择去北京的还是许多人看来"不太着调"的"诗和远方"这一动力。进入大学后，一次诗歌获奖的经历让我深深爱上了诗歌。大学毕业时，我在一张自己在嘉陵江边的照片后面题的字就是："去远方"，当时在我的心中，北京也许就是我心中的"诗和远方"。

转眼到了 2004 年，儿子正要小学毕业，我应该是进入了中年求安稳的时期。没承想，一个更远的远方又出现在我面前。一天，我正上班，一阵急促的电话铃声响起，电话的那头是我熟悉的领导声音："刘萱，你不是说诗在西部吗？"我有点丈二和尚摸不着头脑，但又好像突然意识到领导话里有话，我说："部长，您有什么指示请讲吧。"领导接着说："我希望你能够将诗人的浪漫变为现实，是这样：今年我们单位有一个援藏的名额，其他人去有困难，我想请你考虑一下，当然，我知道你的孩子还小，又是女同志……"

后来的结果是，当我下决心去援藏时，没有和孩子爹商量，来了个"先斩后奏"，因为我心动了，"到祖国最需要的地方去"，我们这一代人，对工作有着理想主义信念。

先斩后奏的结果并不理想。"你是不是疯了！"我爱人听说后，本来靠在床头的身体从床上反弹起来，四十多岁年纪，离开父母、儿女、丈夫去援藏，他无法接受突如其来的"商量"。尽管在意料之中，我也跟着"跳起来"，我一口气历数自己多年来为家庭放弃离开北京下去挂职的机会，似乎以此来多少弥补下对家庭的"心虚"。

办理援藏手续时，女同事在楼道遇到我，"你简直是疯了！"她们认为我马上就有上升机会，没必要非去西藏"镀金"，在百分之九十的反对声中，我踏上了去往西藏的路途。

来到西藏后，我才发现自己真正找到了诗和远方的正确打开方式。领导对我非常器重，让我担当了大量工作，加班到黎明是常态，而"老西藏精神"又处处让我觉得这样的工作状态不算什么。在这里，我得到了比在北京更宽阔的工作平台和展示自己能力的机会，生命的价值在这里得到提升，这对我来说是最重要的。我将在北京二十多年所积累的宏观开阔的视野、工作的思考和有效的方法用于了西藏刚刚起步的对外宣传工作中，每每工作取得一定成效时，我总会感叹：这里简直就是自己发挥才能的一片高原啊！"高原，我从来没有想到，在我生命的纬度里，我会在你的沉默中沉默，沉默隆升为山峦，荒凉地眺望，白云附丽下的土林，不时滑落一段积蓄已久的苦难，镌刻出精神的本质。高原，我从来没有想到，你所理解的生命，是近在咫尺的悠远"……这是我刚到西藏时，发表在《西藏文学》上的一首诗。

更让我的家人和朋友、同事们没有想到的是，我在援藏三年期满后，由于放不下对西藏和外宣工作的热爱，还想再为西藏的外宣事业做点什么，给生命一个交代，我最终选择了再继续援藏三年。

在后来的援藏三年里，我经历了人生从未经历过的事件：北京奥运火炬登顶珠峰、牵头创办中国第一家境外书店——尼泊尔"中国西藏书店"等。经受了我生命中前所未有过的各种考验，领略了人生别样风景。最让人难以忘怀的是，2008年，我有幸作为北京奥运火炬登顶珠峰新闻中心副总指挥和新闻发言人，在珠峰新闻中心主持了十五场世界上海拔最高的新闻发布会，经过上下同心艰苦努力，确保了舆论安全。我幸运地荣获了人生两个重大奖项：被国务院授予第五届全国民族团结进步模范个人、全国三八红旗手，并受邀登上北京天安门观礼台，出席新中国成立六十周年阅兵庆典活动，那一刻，我感觉自己走上了职业生涯诗意的巅峰。

援藏结束后，我回到北京的工作任务更重了，然而，我的心魂仿佛已被我深爱的雪域高原锁定，仍然放不下西藏。

那段时间，我非常徘徊纠结，远方的召唤无法阻挡。让我最终下决心当一名进藏干部的机缘，则是在延安干部学院中为期十天的学习。学习期间，我一直处于感动之中，我在班上是学习委员，在谈学习体会时说："通过这次学习我更加意识到：延安是我党的精神高地，我们每个人也应该有自己的精神高地，我认为我的精神高地就在西藏！"我清楚地记得，在延安学习结业时，我手捧结业证书，向着延安宝塔山方向，含着热泪向家人发了一条短信，宣布了我人生中一个最最重要、最最坚定、被许多人认为"彻底疯了"的决定：从北京中央机关调入西藏工作，正式成为一名西藏干部。

调进西藏工作后，我下决心一定要在工作之余为心中的"诗和远方"做点什么，于是创办了西藏公益性文化平台《雪域萱歌》，开办了西藏首个可供原创发表的有声栏目《雪域读诗》。每周推出一期的《雪域读诗》，参与者都是热爱诗歌和朗读的志愿者，不分区内外、男女老少、专业与非专业。四年多来，引领了西藏的读诗风尚，在西藏乃至全国颇具影响。

"远在天边，近在眼前"，是我儿时与玩伴们在一起捉迷藏时的一句口头禅。人生的路有时窄，有时宽，心中的目标，有时近，有时远，既不期而遇，又似乎有一种必然。回望自己职业生涯走过的路，仿佛如是。

罗伟章，当代著名作家，著有长篇小说《饥饿百年》《不必惊讶》《大河之舞》《太阳底下》《空白之页》《声音史》《世事如常》，中篇小说集《我们的成长》《奸细》，中短篇小说集《白云青草间的痛》，散文随笔集《把时光揭开》《路边书》。曾获人民文学奖、蒲松龄文学奖、全国读者最喜爱小说奖、华文最佳散文奖等。小说多次入选全国小说排行榜、中国文学年鉴、中国当代小说大系、全球华语小说大系。部分作品被译为英、韩、蒙等语言。系全国文化名家暨"四个一批"人才。四川省作家协会副主席，《四川文学》执行主编。

如宽一样窄，如窄一样宽

◎罗伟章

人的身上，究竟什么东西最值得改良，是因人而异的事情，但有一点大概具有共通性，那就是如何让自己从自己身上醒来。要做成这件事，可能得力于自觉而艰难的求索，也可能在某个神秘的时刻，在你全不经意的瞬间，它就发生了。记得十八年前的那个中午，同事们都回家吃饭或下馆子去了，我一个人待在办公室，阳光从窗口照进来，无所用心地落在宽大的写字台上，门外的车声，时高时低，时急时缓，像大河里的浪头子，给人苍苍茫茫的感觉。苍苍茫茫，是属于时间的。就在这样的时间里，一个声音对我说：你应该去写作了，人生仓促，再不写你就老了。这声音清晰到如同雕刻，却只让我一个人听见。于是我听从了它的指令，顺手撕下一张公文纸，写了辞职报告。

那时候，我在川东北的达州城，当着所在单位某部门的主任，我辞职，不是辞主任，是辞公职。我当时根本没想过走另一条路，诸如停薪留职，或设法调到一个相对清闲些的地方，是直接就把公职辞掉了。这种辞法似乎也不必要领导批准，报告一交，即刻走人。而今想来，做得这么决绝，唯一的原因和所有的原因，是那个声音唤醒了我，并戳到了我的痛楚。我是热爱写作的，念大学时的生活费，多靠文章维持，大学一年级，参加四川省大学生征文比赛，还得过第一名，从马识途老人手里接过了奖杯。但毕业过后，就把写作忘了，并非因为有了工资，不愁吃穿，而是浮于人事。如此混混沌沌的，竟过了十一年。后读《古诗源》，其中有首短歌，很是让我震动，说的是，与其掉进人堆，不如掉进河水，掉进河水还有救，掉进人堆就没救了。这是至理。我为那至理添了一个例证。从这个角度讲，我说自己热爱写作，其实是不配的。

现在被那个声音叫到一边，把我忘掉和丢下的指给我看。斑驳的外壳里，包裹着令我神魂战栗的血肉。说成是初心也行。为跟熟悉的人事剥离，我举家迁居成都，躲在当时还算郊外的一间房子里，写起了小说。多年以后，知道我那段经历的人，常常着我的面，说我"执着"。如果这是夸我，就实在是把我高看了。我就是胆子大而已。钱是分文不名的了，事实上，为到成都落脚，钱袋早已抠穿，漏成了负数，儿子又正上幼儿园，没成都户口，进不了公立学校，只能高价读书，也只能继续借钱。可是一辈子这样借下去吗？即是说，靠我一支笔，真能写出个光景来吗？我算什么，念书那阵，无非在《山花》《青年作家》《中国青年》《大学生》等刊物发表作品，全都没过万字，且丢了这么多年。写得累了，停下歇息的时候，就不能不想到这些事。

钱是一方面。另一方面，我差不多是在糟蹋自己的人生。在先前的单位，鞋踩脚踏的，虽说不上康庄大道，也有其自在随心的宽阔：效益很好，职业也算光鲜体面。再说主任都当了，难保不当个别的啥。分明有坦途可走，偏要拐到深谷峻崖白水黑浪的小路上去，不知是太把自己当回事，还是太不把自己当回事。我的老同事和老熟人，都在这样关心我。又过些时，他们听说，罗伟章的腰佝偻了，佝偻得不成样子了，头发一根不剩地全白了，才三十多岁，就从头到脚是个老头子了；听了，为我愁，深更半夜地打电话来求证。我的头发现在白了许多，但当年，是一根也不白的，腰板是我想弯的时候就弯，不想弯就是直的。可换个角度看，那些说法又并无错处。它描述了一种人生败相，一种边缘化或被边缘化最可能呈现的景观。来成都的前五年，要不算回老家，我的出行范围，不会超过一平方公里。对一个正值盛年的人而言，这够窄的，窄得跟家畜——或者说得明白些吧，跟一条狗的活动范围差不多。

老实说，时至今日，我还常常怀念那五年。那是彻底属于我自己的五年。我读书，写作，两种生活都让我快乐。写作基本在白天，晚上读书。写作也可称勤奋，但与读书比，就算不上。多数时候，我睡在书房里，睡地铺，晚饭后一会儿，就躺到地铺上，捧了书读。顺便一说的是，躺着读书，比坐着和站着都更入心，大概是解除了体力的负担，便更能专注的缘故。读到凌晨一时许，关了灯睡。但往往是睡不着，想着书里的人和事，想着想着，不能自已，两臂一撑，啪！开灯又读。我在那时候理解了宁静、庄严和盛大的含义。这是我读过的梭罗、司马迁、凡·高、毛姆等人给我的，更是托尔斯泰给我的。把托尔斯泰的几大部长篇都读过了，读过不止一遍两遍了，我便对着他的画像说："你能教我。"他能教我什么呢？我书架上的许多书，都能教我修辞和技巧，但在托尔斯泰那里，技巧完全内在于人物，没有他的准确、浩瀚和深刻，就学不来他的技巧，我知道自己是学不来的。然而，他指证了人类忧伤的核心，注目于世界可能裂开的伤口和应该成就的和谐，他用自己的全部文字，阐扬着文学的更高规律和更高使命。人类文明的支撑，包括文学的柱石，靠小聪明是靠不住的。小聪明只能造就趣味和雷同。托尔斯泰于我的意义，是让我认识到自己的渺小。

到这时候，我明白自己是走在怎样的路上了。对伟大著作的阅读和日复一日的写作，我发掘和看见了自己——自己最坏的和最好的部分。作为平凡人，过着平凡的日子，最坏的部分往往也是平凡的，或者说是日常的，而正是日常的私欲和恶念，搭建起世界平庸与互残的温床。既然看见了，就有了警醒、修剪和提升的可能，也有了奔向自由的可能。自由是需要自觉性和约束性的，没有自觉和约束的自由，不过是无心无脑的放纵，毫无价值，非但如此，还会成为灾难的起点。当一个人意识到这些，并学会了与自己单独相处，学会了自我裁剪和自我塑造，自由就已经归属于他了，他就能在表面的丧失中，获得心灵的疆域。这样的疆域，自然不是一平方公里所能丈量的。

由此可见，世间的宽和窄，全看你持怎样的标准。

每种标准都有其合理性，但要提醒自己的是，这个标准需是我的，不是别人的。用别人的标准来规范自己，是人们愿意做的事情，浸淫其中，会感到安全，有时还会感到舒适，比如别人欢呼，我也欢呼，别人愤怒，我也愤怒，我就成了围观者中的一员，就不会被视为异类。这很难说有什么不对，只是，我因此得到的，将是表面的获取和深沉的丧失，我脚下的道路，也是表面的宽和深沉的窄。

来成都写了十多年小说，又有了另外的境遇，因我写过《饥饿百年》《大嫂谣》《我们的路》等小说，被评论界说成是"底层叙事"代表作家之一，又因为写过《奸细》《我们能够拯救谁》《磨尖掐尖》等小说，被说成是"中国教育小说第一人"。被界定，是许多作家欢迎的，为的是批评家在论述某个话题时，可以被提及。但我从不在意那些。我还写过那么多别样的小说。如果也有在意的时候，就是深知自己的小说还不够好。好小说是不这样界定的。鲁迅的小说大多写乡土，可除了专门研究乡土小说的学者，没人会说鲁迅写的是乡土小说；《安娜·卡列尼娜》写贵族，也不会说那是贵族小说或城市小说。界定本身就是一种束缚和褊狭。小说就是小说，正如文学就是文学。我们现在时兴说传统文学、网络文学或者幻想文学、青春文学之类，看上去是为文学拓展了空间，其实是把文学矮化和窄化了。文学只有在文学自身的范畴内，才能呈现它的宽阔。即便是很窄的题材，也有窄的锋芒和锐利，并由此写出大的格局，成就宽广的风景。

因此，我不仅要说世间的宽和窄取决于不同的标准，还要说世间无所谓宽窄。如宽一样窄，如窄一样宽，有了这等心境，就能拥有舒阔的人生。

　　吕进，当代著名诗评家，西南大学二级教授，博士生导师。享受国务院政府特殊津贴，国家级有突出贡献专家。1984 年加入中国作家协会，1987 年由讲师破格晋升为教授，创办原西南师范大学中国新诗研究所，历任西南大学中国诗学研究中心主任，重庆市文联主席，重庆市政协科教文卫体委员会副主任，中国文联全国委员会委员，全国文学奖、鲁迅文学奖多届评委，中国闻一多研究会副会长，重庆市现当代文学研究会会长等。1993 年（韩国）世界诗歌研究会授予第七届世界诗歌黄金王冠，2017 年全国诗歌报刊网络联盟授予"新诗百年奖——评论贡献奖"，2018 年（香港）国际华文诗人笔会授予"中国当代诗人杰出贡献金奖"。撰写和主编诗学著作、诗集、随笔集四十一部，共七十八卷，多部获奖。代表著作有《新诗的创作与鉴赏》《中国现代诗学》《吕进文存》（共四卷）等。

◎吕进

入得宽窄之门　做诗意栖居者

　　也许并不是每一个人都希望成为诗人，也并不是每一个人都能成为诗人。但是，每一个人都应该成为富有诗意的人，诗意的栖居应该是共同的梦想。就像十九世纪英国那位当过大学校长的红衣大主教约翰·纽曼谈到大学时说的那样："大学不是培养诗人的地方，但是如果一所大学不能引起年轻人的诗意激荡，那么，这所大学没有吸引力是无可置疑的。"

从这个视角，诗人应该是一个民族的美的发现者，良心的守护者，一个时代的"诗意裁判者"。

从另一个视角，诗人应该是一个自由的栖息者。在宽与窄中独坐，看了宽大的云朵和窄窄的鸟迹之后，品味人生，感悟天道，体味地理。

宽窄是相对论、是价值论、是模糊论，宽窄就是诗歌、就是激情、就是人生。体验宽窄，这就是诗歌里的哲学、就是信仰。

最近收到东北诗人李琦新出的诗集《这就是时光》。翻阅还飘散着油墨香气的诗页，我觉得自己也在接受时光的洗涤，感受到"诗意的激荡"，变得纯净起来。"慢慢变老的"诗人，她身上的诗意更加内敛，更加厚重："变老的时候，一定要变好／要变到所能达到的最好"。

我每次见到李琦，都会想起她的那首成名作《冰雕》。诗如其人，她就是来自哈尔滨的冰雕呀，一身单纯，通体晶莹，完全不沾烟火气。太清高了，也不爱回别人的信，甚至连我也遭此待遇，所以我连连抨击她的这个毛病。

李琦和我交往三十多年了。大概是 1985 年，她第一次来我家，当时她才二十多岁，而我，则是一名青年讲师。进得门来，自报家门。她在一所高校教书，到重庆是参加一个教材编写会。一坐下，她就开始叽里呱啦，数落同行比她年长的"韩老师"。她说，这个人对什么也没有兴趣，就是喜欢吃，"只有说到吃，才来劲"。

有一次李琦到重庆，诗人傅天琳、雨馨陪她先到缙云山上的"金果园"。买门票，进入果园后可以尽情摘下各种水果享用，但不得带走。但是，当她们到我家时，居然都从口袋里掏出一个新鲜水果给我。我说："诗人们，不太体面吧！"她们说："好玩嘛。"吃饭的时候，我问起"韩老师"，李琦说："已经走了。"她说："是我自己不懂事。韩老师其实是爱护我，总觉得我是一棵教书的好苗子，干吗要写诗，而且到我家的许多人，韩老师都觉得有异于常人，怕我上当。""韩老师弥留的时候，我去看望、道歉，韩老师连忙阻止我。"说到这里，李琦的眼睛都红了。我看到李琦一篇写傅天琳的文章，她提到当年到我家的事，说："真感谢吕进老师和师母对我的宽容，让我在他们家尽情胡说八道一通。"

李琦和傅天琳是好朋友。前几年傅天琳搁下诗笔，在北京专心当外婆的时候，外界根本找不到她，只有李琦知道傅天琳的秘密行踪。李琦打了许多电话去"痛骂"傅天琳，怕傅天琳从此离开文学而去。她们两人同时获得第五届鲁迅文学奖，在评奖期间也流传了一个故事：两个人都不愿意报奖，原因是不愿和对方竞争。使听者动容。

李琦比较多地受到俄罗斯诗歌的影响，阿赫玛托娃这样的诗人是她的偶像。她会唱歌，尤其是俄罗斯歌曲，音色非常好。她到重庆搞讲座时，讲到苏联歌曲《草原》，年轻的作家们却不知道这首歌。李琦遗憾地说："你们问吕进老师吧，他一定知道。"一次我们一起去台湾，我就知道她特别喜欢波杰尔柯夫作词的苏联歌曲《小路》："一条小路曲曲弯弯细又长，一直通到迷雾的远方……"所以，她获得鲁奖时，我给她打祝贺电话："就不说多余的话了，我给你唱《小路》吧！"前一段时间，我编《新来者诗选》时，向她发去的约稿信是："一条小路曲曲弯弯细又长，一直通到迷雾的远方。我要沿着这条细长的小路，到你那里取走诗歌的光芒。"她说："哎呀，还有这样约稿的啊！"

说起诗意的人，我还想起黄亚洲，我称他是"打着绑腿的诗人"。在当代文坛，黄亚洲是多面手。他打着绑腿跑路，作品一部又一部，诗歌一首又一首，几乎不见他休息。他的小说《建党伟业》《雷锋》都有不小影响。尤其是"触电"以后，他的电影作品《开天辟地》《R4之谜》都有大量观众。在他的电视剧作品里，最有影响的莫过于《历史转折中的邓小平》。他和我有缘分，诗集《没有人烟》《男左女右》《舍她不得》都是我写的序。诗集《行吟长征路》获得第四届鲁迅文学奖，我正好是那届鲁奖的评委。

每一届鲁迅文学奖（诗歌奖）的五部获奖诗集都是经过几次投票，才能陆续确定下来。第四届鲁迅文学奖（诗歌奖）评委会在投出四部诗集以后，感觉总体上有一种欠缺：这四部诗集都以底层弱势群体的日常生活为关注对象，好像还应该评出一部2004年至2006年间写"主旋律"的诗集。说到"主旋律"，评委们又都有担心，怕假大空，怕艺术性不够。于是，在呈报上来的这类诗集里进行了仔细阅读和选择，不约而同地发现了黄亚洲的《行吟长征路》。

我和黄亚洲，一个在浙江，一个在重庆，一直没有谋面之缘。2007年在绍兴颁发鲁迅文学奖，晚上，中国作家协会举办宴会，我和他都被安排在第二席，面对面而坐。其他席的几位获奖诗人都跑来向我祝酒，他好像没有什么反应。同桌的诗评家张同吾提醒他："吕进是本届评委啊。"他看看我面前的名牌，这才发现是我，"哦"了一声，遂起身向我祝酒："谢谢支持哟！"这第一次见面给我的印象，就是在现实世界里这人不在场，好像老是沉浸在自己的文学天地里。

黄亚洲到中国新诗研究所出席华文诗学名家国际论坛。既来西南大学，得有见面礼吧，他给我带来一本《寒山子诗集》，线装本，很雅致。这个礼物，正合我的口味。

寒山，这是又一位诗意栖居者，当然，他是古人。进入二十世纪，寒山声名大噪，风靡欧美和日本，上个世纪六十年代美国兴起的"垮掉的一代"和"嬉皮士"甚至奉寒山为宗师。最先发现寒山的是胡适。在 1928 年出版的《白话文学史》中，他认为寒山是七世纪中期以后出现的"三五个白话大诗人"之一，学者郑振铎持同一看法。

寒山一生贫寒，但享年一百多岁，这也许和他的处事态度有关吧。在唐代，寒山、拾得、丰干并称"三隐""三圣"。古人说："三圣人风采正如清风明月之共一天。"他和拾得的一段对话很有名。寒山问拾得："如果世间有人无端地谤我，欺我，辱我，我要怎样做才好呢？"拾得答："你不妨忍他，让他，避他，不要理会他，再过几年，你且看他。"

探寻神秘的禅机哲理，须入宽窄之门，"若得个中意，纵横处处通""任你天地移，我畅岩中坐"。

宽，以广其渊博。窄，以从容收纳。悟得人生智慧，不妨诗意栖居，恰如一份守望：守住内心的安详与和谐，守住期待与远方。

马原，当代著名先锋作家。作为中国当代
"先锋派"小说的代表作家之一，在当代文学史
中占有重要地位。1953年生于辽宁锦州，现任
同济大学中文系教授，当过农民、钳工。1982
年辽宁大学中文系毕业后进西藏，任记者、编
辑。1982年开始发表作品，著有《冈底斯的诱
惑》《西海的无帆船》《虚构》，长篇小说《上下
都很平坦》《牛鬼蛇神》《纠缠》以及剧本《过了
一百年》等。其著名的"叙述圈套"开创了中国
小说界"以形式为内容"的风气，对中国当代文
学的发展起到重要影响。

宽与窄 两个极向之间

◎马原

标题上这个"向"，说的是方位。前后左右上下
说的都是方位，东南西北也是。我们这个族群思维
上有走极端的倾向，经常使用的一个单音副词，最。
最什么，最怎么样，最先最后，最快最慢，最上最
下，诸如此类的。一个"最"字也催生出成双成对
的极向。汉语讲求相反相成，许多组词都是成对出

现，诸如天与地，诸如对与错，诸如黑与白，还有刚才说到的上与下，快与慢，先与后，胖与瘦，美与丑，高与矮，宽与窄……不胜枚举不一而足。

这里着重说说宽与窄。

单说宽，宽算不上方位，宽甚至不能够独立存在。什么样的距离或什么样的尺寸才叫宽？没人能回答。相对于普通的舢板渔船，一艘普通的客轮也算宽了。十几米二十几米而已。但是相对于邮轮航母和油轮，十几二十米的宽度简直不值一提。宽是一种需要比较之后才能描述的情形，所以它需要一个参照系，也就是窄。我们说窄的时候，同样需要宽这个参照系，成双成对的一层关系。

再看看上与下。在通常意义上人有了进步为上，退步为下。从省长州长位上进步，当了首相总统，应该是上了。但是总统首相有任期，比如四年，四年之后不再当总统首相，应该就是下了。这种时候判断就出现了冲突，他退步了吗？他的人生经过了四年的巅峰历练，经历了他人无法想象的大起大落，心智明明应该是进步了向上了，怎么反倒下了呢？也许他还要活几年十几年几十年，他的余生都处于下位了吗？日本有一个前首相叫村山富市，他不当首相也有几十年了，最近刚刚去世，就没有谁觉得这个老人这几十年处于下位。

有了那个相互依存的有着参照关系的概念，这些成对的词汇便也有了方位的意味了。它们各自居于相反的方位，与对方对应。上对应下，黑对应白，善对应恶，前对应后，宽对应窄。由于它们彼此间处于同一条线的两端，所以在我们的视界当中，所有这些相对应的词或事物，都是左右关系。一个在左，另一个必定在右。当然这是在横向关系上去论。换成纵向关系时，也就换成了上下关系。

关于美丑的比照更为奇葩。有道是情人眼里出西施，论的就是美丑哲学。看人是如此，看物看事也是如此。美学自己也说美是主观的，虽然它有客观性，却从来没有一个能一统天下的标准。

还是回到今天话题的起点，说说宽与窄。宽与窄也是个橡皮筋话题，可大可小可深可浅，既可以说人也可以说事还可以说物。这里不把话题扯得太远，只局限于说人看人这一个点上。看人，看人的什么？相貌还是人品还是身高还是表达能力？

找配偶时相貌很重要，招佣工时相貌很重要，无论什么时候表达能力都很重要，饭后茶余时什么都可有可无。我们或许可以说饭后茶余之时，人对相貌的评价是最宽容的。这时候的宽价值很低，几乎是无意义的。宽也就意味着不需要负责任，也不必伤脑筋，当然更不必当一回事，宽就是一个王八蛋。

换一种情形，找配偶时通常很挑剔，非常挑剔。挑剔的一个是本人，一个是当父母的自以为儿女条件优越。也有当父母的不以为儿女条件更好，这种时候有的父母会格外宽容，同样宽到了令人发指的程度，无论对方相貌如何不堪，都能够容忍和认可。是父母不为儿女的婚姻大事负责吗？我也遇到过本人自卑的案例，不管被选择的对方各方面如何差，选择者自己都只有认同的份，似乎自己再无别的选择，而且时间最终证明了他的选择错到了无以复加。这时候的宽已经没有了先前那种不负责任的意味。这个话题也有相反的例证，一个在配偶选择上极端严苛的人，别人会认为他的心很窄很挑剔，经历了许许多多选择却结果不好，很快就离异了。这种人就是对自己负责任吗？

不说配偶和两性关系，单说说待人。我们大多数人都奉行严于律己宽以待人的处世哲学，或者我们自己做不到，但还是这样自我标榜，以此为金科玉律。何为宽？别人犯了错要不要宽容，要不要为他纠错，纠错要把握在怎样一个度上？何为严？自我管控到什么程度，是不吐痰，还是对所有人忍让？我就做不到永远不吐痰，我老婆却可以对所有人忍让，不抢座不抢路不吵架不争属于自己的利益，这一点我永远受不了她。她尽管唯老公为上，却无论如何改不掉，天性使然吧。我父亲是完全不同的例子。小时候我和别的孩子打架，他从来不问青红皂白先打我一顿。按他的说法：我不管你因为什么，打架本身就是错。你犯了错就该打你。从自我约束的角度上，他对我是严苛，我无话可说，但是心里不服。明明是对方的错，我为什么要挨打受罚？

人待人，每个人都有双重标准甚至多重标准，概莫例外。

公共机构要招迎宾小姐，自然对身高相貌有较高的要求。比如飞机上的服务员几乎个个都是美女，甚至丰腴过了一点的也会落选。那些相貌平平身材矮小胖一点的姑娘，只能去应聘那些不出台面的苦活脏活累活。选人的宽窄标准表达的是显而易见的不公平，也有人说这不是不公平，是很公平，说美貌苗条也是天生的财富。美女是天生带财，你要怨只能怨你爹你妈。

我得说我运气还好。模样过得去，身高也还在平均水平以上，有中等智力，跑跳力气都不比多数人差。更重要的，我自小便奉行知足常乐的理念，给自己在方方面面定的标准都很低。考试 70 分即可，做事不至于被人责备，从没想过做富豪，赚的钱够生计略有盈余就行，找老婆绝不需要各种冰冰之类的标准美女。一辈子饿不着，每天有白菜猪肉就心满意足。

我不常照镜子，一方面是男人的缘故，另一方面早就对自己的相貌了然于心，不需要再二再三地看。我对自己的方方面面都还满意，所以一辈子没想过去整个容矫正个牙齿做做面膜美白一回。从娘肚子里出来至今六十六年，身上所有的零件都是原配，没有更换。除了头发和已经掉了的牙齿，父母给我的一切我都带在身上，以免去另外那个世界见他们的时候，他们认不出我。

其实他们不可能认不出我，因为我从小便得了我妈的真传，她留给我最为宝贵的一句话是：（差）不离得。意思是差不多就可以了，典型的知足常乐心态。我一辈子做小说，我的一个永恒的偶像叫海明威。他的一本小说《太阳照常升起》中有一句台词：想一想不是也很好吗？凡事都可以放在其中，梦想，欲望，奢求，目标，野心，无论什么。想一想不是也很好吗？跟我妈的"（差）不离得"有异曲同工之妙。最近一些年流行一句话，有舍才能有得，所谓舍得之道。讨论的也是类似的价值论。文章写到这个份上，讨论的无非还是一个"宽"字。

无论"宽"字找哪一个对应词，宽严或者宽窄，两者都构成了极向。而今天所有的话题同样局限在两个极向之间。

米瑞蓉，企业家，作家，成都阅读协会会长，阿拉善 SEE 四川项目中心主席，成都女企业家协会会长。

◎米瑞蓉

宽窄人生路

人的一生会走过很多很多的道路，宽宽窄窄相随一生。坎坷也罢，坦途也罢，走得高远了，大多远久的记忆也就淡了。即便再回头看看，多半也是笑谈得意人生。

反倒是这些年，儿时的记忆总是忽隐忽现地浮现在眼前，犹如褪色的黑白照片，没有太多色彩，但足够清晰。

门前，一条不宽的小路，但足够一台汽车驶过，那是父亲每日下班要驶过的，那是上世纪六十年代的成都。

这条路不过就是那时市政府大院里的一条小路罢了，直接接通我们家的小院子，另一头通向机关大院的操场，出了操场拐弯就到当时的人民西路了，现在看来当时的位置就是现在的人民西路上绕着成都科技博物馆的单行道位置。那时的操场上立着篮球架，这倒成了哥哥和同学们放学后玩耍的地方。

小路的两侧长着两排直挺挺的香樟树，一年四季常绿着，只是到了夏季树叶上总是长着肥肥的绿色毛毛虫。路上总有些像麻点一样的小黑粒，就是毛毛虫的粪便。最让人害怕的是偶尔会有毛毛虫从树上掉落下来，一不小心就会踩上去，绿色的黏液一地都是，所以我们放学时会格外小心。

小路不长，不过也就几百米吧，倒也奇怪的是小路的左侧是一块大大的棉花地。在那时的市区里有几块种着庄稼的土地倒也寻常，但这毕竟是紧靠着老皇城根儿边上的市政府大院里，这反而有点突兀了。

小路右侧连着通往市政府的办公院子，院子里有一个通往成都旧皇城的小门。那时的市政府大院和老皇城之间就隔着一道墙，在那时并没有现在的人民西路单行道的道路，这条道路也是后来"文革"中拆了成都旧皇城后才开辟的。

说起皇城根儿，人们总会想起北京的紫禁城和皇城内外的那些人和事，那高高的红墙内外竟是两重天地。红墙里的生活尊贵而又透着阴谋和神秘，红墙外的生活市井而又充满活力和繁荣，红墙外的为了给自己沾点贵气，于是就有了皇城根儿的说法。

解放后也早没了什么皇家贵族，皇城也不过就是一个城市历史的见证罢了，于是过往于皇城门楼前的老百姓们都忍不住要去摸摸那城门前的那对高大的石狮，仿佛就是为了去蹭点贵气吧。

对于成都这座老皇城来讲，我无法清楚地讲出它始建于哪个具体年份，只知道是明朝初期朱元璋给他七岁的儿子朱椿封号为蜀王，随即安排王公大臣亲自前往成都为其修建皇城。

这座蜀王府规模雄伟，是当时明代藩王府中最富丽的一座，它北起成都的东西御河，南到红照壁，东至东华门，西达西华门，周长两千五百多米，面积三十八公顷多。整座皇城建筑坐北朝南，处处殿阁楼台、金碧辉煌。

后来经过几百年的岁月变迁和战乱不断，到了成都解放后，这座皇城早已没有了昔日的辉煌，老皇城也只剩下了一座老城门楼和两座大殿。城门很像天安门，只是小一号，解放后每年国庆也要在城楼上检阅游行队伍。

当时成都人也都把它叫作"皇城"，皇城后面的两座大殿，一座叫"明远楼"，一座叫"致公堂"。这三座大殿被一堵墙围起来，于是人们都叫它"皇城坝"，那时的我就在这皇城根儿边上长大。

那时候放学后同学们都喜欢在皇城坝玩耍，个子矮小的我们只能钻在皇城门楼前的那对石狮子肚子下看着匆匆过往的人们，我们也会在朱红色的围墙下吸吮采摘下的美人花的花蕊甜蜜，如果运气好我们还可以从没有上锁的大门里进入到皇城里面去。

那时的老皇城里很是荒凉，杂草丛生，大殿里更是布满灰尘。上世纪六十年代，城市里只要有空地就要修建防空设施，皇城坝里围着三个大殿挖了一条一人多深的防空壕沟，这里便成了我们捉迷藏的好地方。

壕沟里长满了杂草，高得可以把小孩子藏起来，爬上爬下的疯玩也让这皇城如同有了普通人家的味道，回家前不忘再扯一包充满奶浆的草回家去喂我的宠物——小兔子。

后来，我家搬出皇城坝。1967 年岁末的某一天，老皇城在一片红的海洋下被彻底拆除，取而代之的是在原址上建立了一个展览馆和一座毛主席的挥手塑像。

几年后，我来到金堂的一个小山村，干起了"修地球"的营生。下乡三年的时间，不长也不短，但在这里我经历了自己成长过程中的第一次错轨，那是上世纪七十年代的成都。

1976 年年末，一个难得的招工回城机会摆在我的面前，要么回城进厂当工人，要么等待第二年的推荐上大学的机会。在当时那个年代，极少的推荐上大学的名额不是每一个人都能幸运地得到。

迫不及待想回城的浅显愿望战胜了志存高远的理想，但这就意味着我在两年学徒期间不会再有推荐上大学的机会了。收起了下乡三年都伴随我的数学、语文书，收拾行装回到成都进入了东郊的工厂。

第二年，也就是 1977 年，高考恢复了，推荐上大学的方式变成了历史，每一个符合条件的青年都可以参加高考。学徒工期间不能报考大学的硬性条件限制了我，我错过了首次恢复高考的机会，这一错过就是整整三年。

人生的道路就是这样，宽宽窄窄，时而幸运，时而坎坷。学徒期满后，天道酬勤，我如愿考上大学，只是这一纸通知书迟到了三年，那是上世纪八十年代的成都。

1982 年，大学毕业的我又回到了航天部下属的国营 719 厂设计所工作，当上了一名计算机工业软件设计师。

至今还记得刚毕业后不久的一次全厂职工大会，厂领导在大会上传达了中央有关部门关于全面迎接第三次浪潮（计算机信息化时代）到来的文件精神，我们厂将承担起航天部计算机工业设计的任务，我便是其中参与者之一！

不得不说计算机领域对我们在场的每一个人来讲都是一个全新的未来，无疑也是给了我们一个最佳的成就自我的机会。

我担任的第一个项目是水泥厂水泥生产原料流量计算机控制设计，现在看来这是一个极为简单的工业软件设计，但对于那个年代的我们则需要用"0、1"的编码方式完成整个硬件和软件的工业化设计。

最终，这个项目获得当年航天部科技成果进步奖，同时也获得了成都市团市委青年工人五小发明奖。

当我正在参与航天部重点项目——计算机语音识别系统设计时，我又接受工作调动担任国营719厂团委书记，就这样又离开了我非常喜欢的计算机软件设计工作。

团委书记的工作对我来讲显然是一个烫手的山芋，原本就不太爱说话的我甚至不知道对着几百上千的团员青年说什么。

我把自己困在办公室，听当时团委的干事给我上课：一个团委书记的工作是什么？那时正值改革开放初期，国门初开，年轻人受到很多新思潮的影响，思想活跃行为大胆新潮，一时间厂里风靡喇叭裤、蛤蟆镜、听邓丽君的歌，我接到的第一个任务就是给团员青年讲如何抵制"靡靡之音"，光是被列为禁歌的名录都是好长一个单子。

其实，在那时，我自己也喜欢接受这些新鲜的事物，也许就是这些共同的爱好让我很快地融入厂里的年轻人中。周末和他们一起举办广场舞会，跟着他们学迈克·杰克逊的太空舞；组织他们上街参加学雷锋的活动；组织他们参加成都市的青年工人五小发明竞赛。

渐渐地，厂里的年轻人都喜欢我这个已经不太年轻的团委书记。

不过好景不长，又是不到三年时间，我再次接到调令，丢掉铁饭碗下海经商，去组建成都团市委下属的成都青年房产开发公司。好在那是一个"创世纪"的时代，全民上下都在摸着石头过河，一时间经商做生意成了更多人的尝试。

就这样，几个年轻的团干部借了十五万开始走上创业的道路，那一年，成都市只有十八家国有性质的房地产企业，我们成都青年房产就是其中之一；那一年，成都市的人均居住面积不到七平方米，住房成套率不到百分之三十，那是上世纪九十年代初的成都。

这一次人生错位更不简单，因为对于房地产自己真是一窍不通。于是从骑上自行车走街串巷开始，一个街区一个街区地做市场调查，看看哪里的危房改造最为迫切；看看哪里的居民最希望改善住宅现状。两年后终于建造起第一个房地产项目新蓉小区。

就这样跌跌撞撞地又走过了三十年时间，我们亲自参与和见证了这个城市的不断变化。这个城市越来越漂亮，道路更加宽阔了，绿化更加立体了，建筑更加趋于国际化了。

几个月前，我去成都市出入境管理处办理证件，这里正是当年老皇城里明远楼的位置。看着这片曾经熟悉如今陌生的地方，那些残存在记忆深处的片段又闪现在脑海里，也许这些残碎的景象无法和现在的城市相比美，但记忆里的皇城依然美丽。

看着今天城市的变化，总是害怕有一天，自己把残存在大脑里这些发白的记忆给顶了出去，于是选择记录吧！从那小院子门前窄窄的小路开始，从那走过的每一次转折开始，让记忆再现当年那些宽窄人生路吧。

缪克构，诗人、作家。1974 年生于温州。
1990 年中学时代开始诗歌创作，1995 年大学时
期被评为中国十大校园作家之一，同时开始小说
创作。迄今主要诗歌结集为《独自开放》《时光
的炼金术》《盐的家族》。另有成长系列长篇小说
《漂流瓶》《少年海》《少年远望》，散文集《黄鱼
的叫喊》等。部分诗歌和短篇小说被翻译推介到
国外。现为中国作家协会会员、上海市作家协会
诗歌专业委员会主任、文汇报社副总编辑。主要
作品获中国新闻奖一、二等奖，中国报纸副刊作
品金奖以及中国长诗奖、上海文学奖、上海长江
韬奋奖等。

宽窄故乡

◎ 缪克构

一

如果把我在东海之滨的故乡江南平原比作一副
手掌，那么，每一条小河就像一根根手指，它们一
起伸向东海。每条河就是一个村庄，捕海的人们依

河而居，繁衍成一个个村落。这些村庄的名字倒也好记：第七河，第二河，海头，海下……海头就是我出生的村庄，原来的名字叫盐廒，因祖上曾家家户户晒盐而闻名。廒，就是仓库的意思，盐廒，就是堆放海盐的地方。就像一个人的大拇指一样，这个村庄宽阔而富庶。

江南平原河流密布，它们最终的指归是东海。再欢快的河流，再悲伤的河流；再宽阔的河流，再狭窄的河流；再笔直的河流，再弯曲的河流，它们都要注入东海，化作其中的一股汇流，并且难以辨认，不再分清彼此。

浩渺的大海，何其宽也，只有无远弗届的大风和波浪。潮起潮落，从不以人的意志和期盼为转移。沿着海湾，是一片呈弧形的木麻树林，它们种植在防波堤上，阻挡着大海的波涛，也阻挡着怒吼的海风。但大海再宽广，发怒时也有狭窄的心。有时候，这些防护的堤坝和树林，不过是徒劳的摆设，当惊涛拍岸，堤坝溃散，海水一直可以深入村庄的腹地，致使人畜漂浮，河流改道。志书里一页页写着：宋孝宗乾道二年八月十七日，海潮淹人覆舟，坏屋舍，漂盐场，浮尸无数，田禾三年无收。元成宗大德元年七月十四日，海溢高二丈，漂荡民舍、盐灶，两县溺死六千八百人。明洪武八年七月，海溢高三丈，沿江居民死者二千余人。清乾隆廿八年五月，海溢，水深五六尺，八月潮退，尸横遍野……

弯弯的小河，何其窄也，它日夜流淌，只为奔向大海，成为那里的浪花一朵，沧海一粟。因为那里有最美的风景，远山青黛，鸥鸟翔集，金色的波光粼粼如画；那里容纳一切，吸收一切，即使是混乱、污浊和不堪；那里就是靠海吃海的人们所有的生存、生计和生活。但小河再小，也有宽广的胸怀。密布的水系，像树枝一样张开，干流和支流的两岸，聚集着村庄，人们沿河而居，繁衍生息。即使台风肆虐，海水倒灌，这些河流里的水已经不是原来的淡水，而是潮水、海水、咸水，但村庄依然接纳这些浪荡的流水，抚慰它们，宽容它们，淡化它们，使其最终成为土地的一部分。

宽处的大海，有无边的恐怖，会掀翻捕鱼的舟楫，会在台风来临的夏秋之交淹没良田和屋舍。窄处的小河，宁静安详，供人嬉戏、灌溉、划桨和洗涤，所有的房屋傍河而建，所有的田土因河而葱茏茂盛。

到底是宽处的大海养育了村庄，还是窄处的小河哺育了人们？我想，正是故乡人通过窄处的小河，进入了宽处的大海，从而繁衍至今，生生不息；也正是故乡人通过宽处的大海，进入窄处的小河，从而诗意栖息，行走在大地上。

二

大海是宽广的，而故乡人居住的地方如此狭小。这一小块平原，镶嵌于山海交错间，三面是山，一面是海，形状如"瓯"，而河网纵横，人口稠密，无有去处。四十年前，面积只有四百平方公里的此地人口就多达四十多万，平均每平方公里多达一千余人，平原人口更是密集，而耕地稀少，人均不足半亩。故乡人食不果腹，衣不蔽体，曾经愁肠百结。

大海是宽广的，而人心是如此狭窄。偏偏，江南地区自古崇武，是南拳的发源地之一。老《平阳县志》里有这样的记载："江南俗喜械斗，往往因博物细故两地起争即各持刀械出斗……每械斗一次，地方元气大伤，政教不善莫此甚也。"依附、倚赖宗亲关系，加之历史上积有的宿怨，这里的宗族、村社，这里的一代代农民、渔民，为田地、房产、山林、海涂的归属争斗不息。

宗族械斗有它的窄处：拿起刀枪就六亲不认。故乡人以为这是宽处：一个人如果在宗族纠纷和械斗的时刻，为本族利益做出贡献，往往能获得族人的普遍推崇，受到英雄般的礼遇。故乡人不知这是窄处：在硝烟和火光中，在死亡和伤害中，民风凋敝，良善溃散，将一方水土的润泽付诸东流。

我耄耋之年的老祖父活跃在一种被称为"和事班"或者"中人班"的组织中，协助公安机关在严厉打击犯罪之外，起到民间调解的积极作用。作为地方上德高望重的老人，作为有五个儿子、十个孙子的大户人家的族长，他常常予以斡旋和调解。

祖父的"中人"做得不错。据说，在有些场合，只要祖父一到，械斗的双方往往会放下刀枪，开始和解。通过他带领的"和事班"或者"中人班"的斡旋，械斗双方往往会达成某种协议，强势的一方为表示歉意，往往会赔偿经济损失，还要给处于弱势的一方送一副猪头和猪肝，一方或双方挂红，放鞭炮，就此和解。

故乡人真正迎来宽处，是在上世纪九十年代以后。江南平原地区经济社会发展迅速，产业结构也发生了巨大变化，温州十大小商品基地，这里占了四个。异常活跃的工商业经济使田地、山林、海涂等传统性经济资源在人们心目中的位置大为下降。与此同时，法治建设也取得了长足进步，人民群众学法、懂法、用法的意识普遍增强。

交通也快速发达起来，原来靠水路出行，现在陆路交通、空中航线已四通八达。故乡人一批批走到了杭州、上海，甚至欧美、非洲……他们胸怀天下，在地球村做起了生意。

就拿我的船长父亲来说吧，在他人到中年，不再晒盐，也不再捕鱼之后，就选择了海上运输的营生。他的货船频繁地往来于一个叫龙港的农民城和一个叫上海的大都市之间。在我从小出生长大的那个小小的村庄海头，几乎人人都托过父亲从上海带东西，儿子结婚、女儿出嫁需要的大件东西，或者为家中置办一件奢侈品，他们都会请父亲从上海带回来。而我通过高考来到上海，学习、工作、生活，不觉已有二十六年。

我偶尔回乡。大海依旧在那儿，村庄已成了漂亮的城镇。我站在远远伸出去的像手掌一样的大海之滨，看着潮涨潮落的海涂、浅滩、潮沟，看着宽阔、深长的湿地、堤坝、木麻树林，深切地感受到，大海的宽广无垠，从未如此真实地激荡在故乡人的内心。

我知道，故乡真正进入了宽处，故乡在宽处流淌。

邱华栋，小说家、诗人。祖籍河南，生于新疆，十六岁开始发表小说，十八岁被武汉大学中文系破格录取，后获得文学博士学位，研究员。曾任《中华工商时报》文化版主编、《青年文学》杂志主编、《人民文学》杂志副主编，出版、发表有各类文学作品八百多万字，单行本近百种，获得各种文学奖三十多次。目前供职于中国作家协会鲁迅文学院。

窄门与宽阔的人生

◎邱华栋

人生之路，有时候的确是需要从一道窄门进去，然后，才能看到宽阔的天地。但这道窄门，却是你最难逾越的地方。而通过窄门的时候，机遇、意志和才能都是缺一不可的。想起我自己，假如当年没有在千军万马之中跨过了上大学这道窄门，文学之路能走多远还很难说。很多人小的时候，就表现出他今后发展的某种才能。像我，十多岁就喜爱文学，在语文报社办的杂志上发表了短篇小说，我后面的道路，实际上在我十多岁拿起笔来的时候，就已经决定了。

在跨越窄门的时候，遇到关键性贵人——老师的帮助，十分重要。回想我的中学时代，有几位语文老师对我的影响很大。我的高中是在新疆昌吉州二中就读的。那是在 1985 年，我的语文老师容理德经常在课堂上念我的作文鼓励我，而且还把我的名字"邱华东"念作"邱华栋"，这一字之改，使我有了强烈的信心——要当中华之栋梁。

我和同学成立了"蓝星"文学社，油印文学小报，阅读各类文学作品，展开讨论。高中毕业那年，发表三十万字的作品，四川少儿社王吉亭把我纳入川少社出版的"小作家丛书"，为我出版了中短篇小说集《别了，十七岁》。由于这些文学成绩，我被武汉大学中文系免试破格录取，跨越了一道人生的关键窄门，然后来到了一个宽阔的地带。

在上世纪八十年代到九十年代的大部分时间里，大学教育都是精英教育，是少数人通过高考的窄门才能进入的园地，而我的幸运就在于因为文学特长而被免试破格录取。不像现在，高等教育进入到大众普及状态，2018 年入学的大学生有八百万人。1988 年开始，我在武汉大学读书的四年期间，延续着"珞珈诗社"的诗歌活动，我接手"浪淘石文学社"担任社长，写作、搞校园文学活动。按书架读完了几乎所有汉译本的外国作品。加之武汉大学人文传统悠久，从闻一多起，就有出作家的传统，因此，成为这个链条上的一环是一些学生的梦想，于我们也在所难免，逐渐走到了更为宽阔的地带。

生命是最宝贵的，人的生命就只有一次。人是通过母亲的子宫孕育并通过一道生育的窄门，来到这个世界上。人是向死而生的，生下来之后，人的旅程就是向着死亡进军。这是我大约十几岁的时候就意识到的问题。唯有死，是人所无法超越和拒绝的。即使是很多历史人物，他们死后，事迹传递百年、千年，也早已变形了，在后人的传说、演绎和解释中面目全非了。今天的恺撒、莎士比亚、莫扎特、凡·高和秦始皇、李白，还是当年那个他吗？没有人可以超越死亡。在死亡面前，人人平等。

所以，面对死亡的无比宽阔的寂静，我们的生命，实际上是一道狭窄的光亮。那么，生可以超越死吗？是可能的。人类在不断地死亡，又在不断地降生，在繁衍着。上帝给了人类一条出路：一个个个体在死亡，但一个个的个体又在出生，这使得人类在繁衍，在通向永生之路。在出生与死亡的狭窄链条上，两端之外是宽阔的虚无，两端之内，是人的生命过程。因而，长大了一点，我又意识到了这一点，意识到死不是生的对立面，而是和生共生在一起的，即所谓生生不息。

我还记得十多岁的时候，曾经住院开刀。那是一个并不好的小医院，只有三层楼高。在此之前，我的一个女同学忽然被汽车撞死了。她一定不会知道，自己就这样突然地被上帝夺走了生命。我突然感受到了人作为大地上的短暂生灵的含义。那是一种对生命的悲哀情绪。就是那段时间，我被医生诊断为肿瘤患者，它存在于我的左边小腹中，平时，我是可以感到它像个阴险的家伙在小腹中时隐时现。虽然大夫说纤维瘤有很多是良性的，但我仍然想到了死，它可能就在我的身边，就像我的女同学，谁会知道死一直就在她身边呢？在动手术之前，我被一种死之恐怖所笼罩。手术之后，大夫告诉我，我的肿瘤是良性的，我又有救了。知道了这一点我非常高兴，感到了由衷的欢欣。几天后，我就可以在傍晚，拖着沉重的身体，忍住腹部没有拆线的刀口疼痛，在已变得安静的走廊中走动。

窗外正在落雪，我这才意识到已是大年三十了，我三天后才能出院，也就是说，我得在医院里过年了。有一种淡淡的哀愁袭上心头，我看见外面的世界已是白皑皑一片。走廊里昏暗的灯光变亮了，我才发现夜幕正在变得深沉。我依旧坐在那里。忽然，楼梯下响起了杂沓的脚步声，很多人抬着生命垂危的女人，进了急救室。那是一个表情凄清苍白的年轻女人。十分钟后，急救室里传出了号啕大哭声。我知道，那个年轻女人死了。我走过去问医生，他告诉我，那个年轻女人的丈夫犯了强奸罪，她受不了打击，喝药自杀，没抢救过来。他们还留下了一个三岁的女儿。

大年三十的晚上，昏暗寂寂的走廊里长久地回响着哭号声，十七岁的我十分悲哀。人的生命真的像是一股风吗？我想拖着病体，沿着走廊缓缓行走，我转过了回廊，找了把椅子又坐了下来。在这一瞬间，我听见了一声婴儿的啼哭响了起来，声音倔犟、尖厉，接着，又有许多婴儿啼哭了起来，奶声奶气的哭声汇成了一条河流。是妇产科育婴室的孩子在哭。他们都刚生下来不久，他们是新的生命。在那个夜晚，我听到了丧失生命的哀号和新生生命嘹亮的声音，生与死的对立之门一齐向我敞开，那一瞬间，我好像明白了很多。我知道了这个世界就是人人要通过一道道的窄门，过一个个坎儿，然后才能来到更加宽阔的地带。世界，永远都充满了新生的希望，虽然同样存在着寂灭的悲哀。那一年我十七岁，我决心好好地活着，走向更为宽广的世界，即使我马上要面对高考的窄门，我也要走好自己的路。

"死的悲哀，孕育着生的希望。它们不是对立的，而是共生在一起的。"那么，我想说的是，最窄的地方，总是有最宽的生机。要想有所作为，就应该从小立志，并用一生去努力实现，不管如何，你终将得到丰厚的回报。你也会从狭窄的地方，到达宽阔的地带。窄和宽，看似相反，实际上也是共生在一起的。

丘树宏，当代著名作家、诗人，现为中山市政协主席，广东省作家协会副主席，中国作家协会会员，中国音乐家协会会员，"中国诗歌万里行"组委会副主任，中国音乐文学学会常务理事，中国宋庆龄基金会理事，广东省社科联顾问，广东省文化学会专家委员会委员，华南理工大学、广东外语外贸大学等多所大学兼职教授，广州大学广州发展研究院首席专家，岭南文化艺术创作鉴赏研究院高级顾问。发表和出版文学艺术、人文社科作品近三百万字，已出版个人诗集《长歌正酬》等九部，人文社科著作《思维洼地：一位文人官员的心路历程》等八部。

曾获《诗刊》诗歌金奖、郭沫若诗歌奖、《中国作家》第十届"鄂尔多斯文学奖"、广东省"五个一工程"奖、鲁迅文学艺术奖等。

宽宽窄窄文化路

◎丘树宏

改革开放四十周年，每个人都以自己的轨迹伴随着国家的步伐向前迈进。而我，伴随着改革开放四十年，用的是丰富而浓厚的文化情缘。换句话说，我以自己的文化行为，以一个小小的缩影，走过了一段段宽宽窄窄的路，见证和诠释了四十年改革开放壮丽辉煌的画面。

有时候"多"未必宽、"专"也未必窄。

改革开放，是中国的第一，也是世界的第一。改革开放，中国创造了许许多多前所未有的第一，而我个人，也在这场沧海桑田、翻天覆地的四十年中，创造了自己的"第一"。

1977 年恢复高考后，为了"练笔"，我结合当时的形势写了几篇文章，以作为高考作文的准备。其中一篇《初春》写的是公社书记如何抓紧春耕生产。1978 年的高考作文是文章缩写，预备好的文章未能用上。上大学之后，我将《初春》投给县里的杂志，没想到居然刊载了。这应该是我写改革开放主题的第一篇文章。更没有想到的是，这篇散文竟然成了我的"媒人"！同在一所大学就读的一个师妹，也是老乡，不知道怎么看到了这篇散文，觉得写得挺好，就记在心里。一次见面时偶然说起，才知道原来作者是我，从此就有了交往，以至成了恋人，毕业后成为夫妻。

大学读书时，我的文学创作很旺盛，习作很多，体裁也很丰富，就是没有能够在省级报刊发表作品，因此一段时间非常烦躁，甚至彷徨。一次，师妹兼女友说了句"你就是写诗的命"，让我醍醐灌顶。果然，调整思路主抓诗歌后不到半年，我的诗歌《北风吹过》就在赫赫有名的《羊城晚报》"花地"副刊上刊载了。而这一首，也是我发表的第一首表现改革开放主题的诗歌。

悟——习惯上，人们总以为写作的体裁多，路子一定宽，殊不知如果多而杂，没有一样精通，道路一定会越走越窄。而你转而专注一种体裁，看似路子窄了，其实路子会越走越宽，这就是所谓的

"学业有专攻"。

"窄窄"的文学爱好，也可以成为人生"宽宽"的路。

除了文学成为我的爱情"媒人"外，发表的作品还成为我人生的"敲门砖"。

我出生在粤北的九连山区，世代是农民。父亲因为曾经过继给地主家做儿子，故有幸读过一点儿书，很早就参加了革命工作，后因为冤案入狱，一直到1987年年底才得以平反昭雪。学习成绩很好但出身不好的我，从来不敢奢望招工、当兵、做干部，很小的时候就有了靠写作谋出路的念头，所以从中学开始就喜欢上了文学创作。

不承想文学真的改变了我的命运。大学毕业后，我回家乡当上了中学教师，在做好本职工作的同时，还是坚持业余创作，而且陆陆续续有作品发表。虽然我的教师工作做得很不错，是学校重要的骨干，但文学梦还是占了上风。1984年，我斗胆给刚刚上任的县委书记写了封信，附上我发表的作品，申请调往县文化馆工作。没想到从不认识的县委书记一个电话打给县教育局长，一下就将我调去了县委办公室当秘书。后来书记才告诉我，县里能写的人才太少了，能在大报刊发表作品的人更是凤毛麟角，这就是调我到县委办公室的理由。

1988年年初，我迁调珠海市工作，同样是用了我的作品作为敲门砖。我最初的岗位，是在珠海市委办公室工作，每天接触到的都是特区建设最前沿的景象和消息。日夜不断的打桩声，一天天延伸的道路，一幢幢矗起的楼房……斗转星移，日新月异，眼睛中闪现的都是壮观景象；脑子里出现的都是豪情壮语。自然而然地，我的一首《崛起》，很快就刊发在了《南方日报》的副刊上。从这一首诗歌开始，我的诗风发生了明显的变化，主题宏大多了，视野开阔多了，语言硬朗多了。

1992年春天，小平同志南巡到珠海，我有幸参与了部分接待工作。小平同志坚毅的意志、睿智的话语、慈祥的面容，对我的心灵震撼很大，对我的人生触动极深。个人的命运，也在这一年发生了一次重大的转机。

那时候珠海市政府正在举办一项重要的征集活动，要征集十大建议。珠海的西部发展战略也刚刚提出，因此我提交了一份《珠海西区建设亟须建立完善领导协调机构》的建议，被评为十大建议奖的头奖，时任市委书记、市长梁广大做了批示，并很快通过市委常委会议讨论通过，成立了西区建设指挥部。而我，更被市委调往西区的平沙区挂职担任副区长，从一个建言者，成为一个建设者；从在稿纸上写诗，到在大地上写诗。

上世纪九十年代，是珠海市的黄金时代，也是我个人的黄金时代。从平沙区的副区长，到市政府的体改委主任，再到香洲区区委书记、市委领导，我担负的工作越来越繁重，越来越重要，而文学创作也进入了一个高峰期。1992年，诗歌《特区打工妹》在《羊城晚报》发表，这应该是全国第一首表现打工者的诗歌。首届珠海国际航空航天博览会主题歌《蓝天的盛会》《西部放歌》《珠海，珠海》，一系列描写珠海、歌颂特区的作品鱼贯而出。珠海经济特区二十周年庆祝晚会上，我的朗诵诗《大海·蓝天·梦》以大型音诗画的形式隆重推出，引起了广泛反响，我作为珠海市"御用"诗人的地位也从此奠定。

悟——写诗作文，必须有自我，因为文学是人学；但是，如果仅仅有自我，则一定路子走不远、走不长，甚至越走越窄。文学一定要走向大众、走向时代、走向社会，一定要心中有大我，才会越走越宽畅、越走越光明。

2004 年，又是我人生的一个转折点。根据广东省 2003 年年底提出的建设文化大省的规划，2004 年春节期间，我邀请省内几个文化专家开了一个座谈会，专题研讨文化大省问题。春节后，我接到省委组织部的通知，调往中山市任职。刚刚到中山市报到，《羊城晚报》就发表了我在文化座谈会上的发言《广东，离文化大省有多远？》。以这篇文章为开题，《羊城晚报》组织了两个月的大讨论，引起了各方面的极大关注。巧的是我在文章的最后提出了"香山人文"问题。中山古称香山，当时包括了珠海和澳门地区，这样就好像是无意中给中山交了"敲门砖"。

中山是一代伟人孙中山先生的家乡，也是香山县的原点。能够在中山工作生活，确实是人生难得的缘分和福报。在这里，我能够在伟人行走过的土地上耕耘前行，能够在伟人生活过的地方沐浴阳光，能够在伟人思想过的地方加入改革开放的洪流，这该是多么值得自豪和骄傲的事情！十几年的岁月，我的人生在这里得到了升华，我的写作在这里进入了一个崭新的境界。

我的文学创作，进入了长诗阶段、史诗阶段和大型文学台本阶段。《30 年：变革大交响》是当时全国抒写改革开放三十周年少有的大型史诗；一千三百多行的史诗《共和国之恋》，是广东省庆祝中华人民共和国成立六十周年的重点作品。2011 年是辛亥百年，我除了要主持策划和组织一系列国家、省、市级，以及与海外机构合作的项目和活动外，还主创了大型交响组歌《孙中山》，作为广东省的重点文艺项目，至今已经在海内外演出十余场，在中央电视台播出，成功塑造了孙中山的音乐形象，填补了孙中山文化体裁的空白，更引发了孙中山文化热。纪念抗战胜利七十周年，我主创了大型电视文艺节目《英雄珠江》，也成功在央视和广东省电视台播出。2017 年，主创大型交响史诗《南越王赵佗》并演出，塑造了赵佗"中华统一英雄、岭南人文始祖"的形象。至今，我已经创作了大型文学台本十余个，包括《海上丝路》《海上丝路·香云纱》《中华魂》《珠江》《Macau·澳门》《冼夫人》《海的珍珠，珍珠的海》《咸水歌》《九连山下》等。

悟——作为一个写作者、一个文化人，如果你的思想不健康、文字不明亮，你的写作路子必定会非常窄小，没有任何前途和希望，也会给读者一片灰暗。所以，写诗作文一定要追求正能量、坚持真善美，这样你的写作才能拥有宽广的道路，你的作品才会有影响力和生命力。

荣荣，女，原名褚佩荣，1964 年生，出版过多部诗集及散文随笔集等，参加过《诗刊》社第十届青春诗会，曾获《诗刊》《诗歌月刊》《人民文学》《北京文学》等刊物年度诗歌奖、中国作家出版集团优秀作家贡献奖、第四届鲁迅文学奖等。

◎荣荣

水穷云起自开阔

王维的一首《终南别业》，体现的是古时文人眼里闲适人生的最高境地："中岁颇好道，晚家南山陲。兴来每独往，胜事空自知。行到水穷处，坐看云起时。偶然值林叟，谈笑无还期。"王维寿六十，写这首诗时估计与眼下的我年岁相仿。诗中构筑的那种随遇不强求，那份通透和自在的欣喜，那些明白之后的宁静与洒脱，都是我惊羡和向往的。

仔细说来，"行到水穷处，坐看云起时"是一种认知转折，一个绝处如何着眼才能豁然开朗的问题，只关乎境界。而这绝处，对于普通人生来说，不是英雄绝路那种，也不是生死之择，而只会是猫狗一样拦在人生前路中的那些困顿。这些困顿带来的只是阻碍或精神困扰。而如何去除，更多的端看你如何认知，找到符合你的方法，这样，才能拥有坐看云起时的豁然和开阔吧。

回想我的人生，总体也算顺遂。如果从头梳理，往大处归类，我受到的困顿或要过的关大致也只有三种，即小时候的贫富关，中青年时的情感关，眼下的自在关。

我出生于一个多子女家庭，在家最小排行老六，父母加祖母一家九口，周末聚齐时，八仙桌围满还得挤出一个最小的我，饭菜得大锅烧大锅炒。定量供应的粮食是不够一帮正蹿个儿的孩子吃的，每月得高价购黑市米，新衣服也只有过年时，才能用平时积攒的布票，一人扯上一套，总之，在喝一口水也得花钱的城里，靠父母并不高的工资维持一家九口的生计，也只能停留在糊口的层面上。其实小时候我对贫富这方面并不敏感，反正也没冻着没饿着，吃吃睡睡浑浑噩噩，直到小学二年级。

记得那时候我的班主任老师姓吴，气势凌人，也不知道她的气势是先天就足呢还是后天打哪儿充来的，反正小学校一堆女老师里，她伸直颈脖斜眼对人的姿态，像简单句子里的错别字一样让人难堪。也有和颜悦色的时候，那是她对着班上另一类学生时，因为那些学生是部队大院里的孩子，有内供物品可为她代买。对于我这样普通得没有任何油水可沾的工人孩子，家里兄弟姐妹又多，生活相对困难一些，有时候还会拖延上交学杂费的，自然是归入她横眉冷对的大多数的，而且还排名靠后。她几乎没拿正眼瞧过我，上课时，不懂人情世故内心一张白纸的我常常希望她能提问到我，可我高举的手总会落空。看到班上大部分孩子都入了红小兵戴上红领巾了，我这个每次算术语文都考100分的学生，脖子上还光着，而又一批孩子入了队，还是没有我，我便在家里偷哭，母亲知道了后说她上班没空，让我自己去问老师，我也就真的大着胆子去找她了。在问清我找她的缘由后，她目无表情地说知道了，并告诉我下一批会考虑的，边说边伸出一个手指，轻抵我胸口，让我站远点说，她说的远在好几尺外。回到教室，我问同桌：我身上有什么味道吗？同桌说没有啊。回家后我又问祖母，她嗅了嗅，也说没有啊，还好奇我如何这样发问。我没有告诉祖母，今天老师让我站得离她远点，她看我的眼神，仿佛我是臭垃圾，其实我只是穿了袖口打了补丁的衣服而已。

现在我知道了，她让我站远点，是因为不喜欢我身上发出的清贫的味道吧。这让我幼小的心灵很受伤。让我感觉我与别人不同，感觉我被歧视了。小时候我一直是一个内向、不喜欢说话的人，我想这肯定是其中的原因之一。

但我性子软，容易妥协和退让，我应对的办法，不是埋怨或从此立志做个富人，我能做的只是回避，回避的办法是一头扎在书本里，好好学习，后来我还找到了写作这个爱好。书中自有黄金屋，学习和写作，让我觉得自己有追求有梦想，精神富足抵过家财万贯。所以，年少时的清贫，终于没有太累及内心，也没有让我有更多的自卑，我也终于安然走到了衣食无忧的年月。

温饱思"淫逸"，长大工作自立了之后，情感便成了内心的另一种需求。写作之人，对于人间真情的渴求度也许比其他人更多，但我又是一个长相太过平常的女子，情感的纯度与现实度比起美女总容易有更多落差甚至扭曲，比如我想谈感情时对方也许只想与我谈婚姻，我重婚姻时而对方在重利益，这样的事也狗血地碰到几次。而由于我的率性，喜欢踩着西瓜皮寻找情感，生活因此也多了波折，让我多少次"怀疑人生"。但拯救感情的只能是对的感情，我也感恩从波折里走出来的一大半功劳来自写作，我感谢今天仍在我身边的亲人，也感谢诗歌，让我学会表达的同时，再平衡了我的内心。当然，这都成为我情感关的应对之策。

现在的我，一只脚已迈入老境，也到了心平气和的年岁。但因还没能退休，我常做的工作仍是刊物的选稿用稿及某些评奖推荐工作等，在"能上的是自己作品的水平，不能上的总是被黑了"的这种普遍思维引导下，这些年我也总是会被一些人误解。当一些我心感亲切的朋友老师辈误会我，而我又不能去一一说明时，常令我心生烦恼，也使我常想着如何彻底避免，生出强烈的提早退休去过山高水阔自在生活的念头。

其实想透了，也真没有什么。人生的自在只在内心，水穷处正是云起时。网络上有一句玩笑话，说："你可以鄙视我的人格，但不能鄙视我的体格。"想起时我就会笑，这得多强大的内心，才能有这样强大的调侃。为人的自在，说到底就是心宽，而心宽，无愧两字是关键元素中的关键。

现在，古色古香的特色街区全国各地到处都有，但我特别喜欢成都的宽窄巷子，其中一个原因来自宽窄之名。寻常人生总是大委屈没有，小憋屈不断。一路前行，到了终点时，更多的人关注的也许是你前行的尺度，只有你自己对于前行路上的宽宽窄窄，才不得不细细体味。宽多窄少，人生得意，宽少窄多，人生艰难。行到窄处，多生疲累，行到宽处，最忌张扬，人生百年道，只反复宽窄而行也。

唯求一颗心能随遇而安，宽处稍息，窄处立正，宽处安床，窄处立足，宽宽窄窄不忌，便都是人生大自在。

孙卫卫，儿童文学作家。生于上世纪七十年代，陕西周至人。1998年毕业于南京大学中文系。曾任《中国新闻出版报》总编室主任、编委等职。现为机关工作人员，中国作家协会会员。著有《班长上台》《小小孩的春天》《会说话的书》《一诺的家风》《装进书包的秘密》等儿童小说、散文集、童话等四十余部。获全国优秀儿童文学奖、冰心儿童文学新作奖、冰心儿童图书奖、中国新闻奖、《儿童文学》杂志"十大青年金作家"称号等。作品被收入《中国新文学大系·儿童文学卷》(1977—2000)、《中国儿童文学六十年典藏》《中国年度最佳儿童文学》等多种选本。

『宽窄』微思录

◎孙卫卫

"行到水穷处，坐看云起时"，人生无处不宽窄。读书、交友、赶路、沉思，生活中的宽与窄，如微光照亮心房。正是在这样的状态下，近日偶得"宽窄"微思几则，摘录如下。

做人准则

整理电脑里的资料，发现了自己八年前写下的一篇《做人准则》，共十条：一、少谈自己，无论是言谈还是在文章中，别人是不喜欢听的看的，除非是接受记者采访。二、不迁怒，不贰过。三、说到做到，做不到就不要说。四、能马上办的，不拖后；今天能处理的，不拖至明天。五、衣服干干净净，做人也要干干净净。当你离开的时候，不要给人家留下指责和批评的口实。六、利益面前，多想别人。推己及人。七、专注于自己的工作和写作，与此无关的少参与。八、写序、题词，能推掉的尽量推掉。少参加研讨会。九、无欲则刚。不求人，自己便会很强大。十、一切节约归根结底是时间的节约。浪费时间的事情尽量少做直至不做。

以上十条，有的到今天也没做好。比如，总是想着把一件事情做完美，想找整块时间来做，或者等把某件事做了再做某事，其实，哪有那么多整块时间？往往是这个还没开始做，下个事情又来了，原定的工作就拖下来。一件事，不管是大是小，还是要先做起来，再说做好。

朋　友

我的朋友不多，我也不想多。十几年、二十几年还能继续走在一起的，应该是真朋友。朋友身上的闪光点，让我见贤思齐。小时候抄马克思关于友谊的名言："友谊需要用忠诚去播种，用热情去浇灌，用原则去培养，用谅解去护理。"当时似懂非懂，现在看这句话真有道理。不按这句话做的，友谊都长久不了，有的也许都不能叫友谊。

岁尾年初，我都会为新结识的朋友感到高兴，也为老朋友的渐渐远去而难过。远去有我的原因，也有对方的原因。有时候也说不上是什么原因。

我帮很多朋友做过的事，朋友要是不提，或者我不翻看从前的书信、日记，我自己也不会想起。比如，很多年以前，朋友的孩子需要一种药，我辗转坐公交车到医院挂号、排队去买。朋友需要当地买不到的教材，我到他说的专门书店去买，这家没有再找另一家。冬天迎着风，夏天顶着太阳。我认为这是对朋友的应尽之责。只是，今天如果有人还提出这样的要求，我肯定要掂量有没有必要去，我得考虑这样做值不值。

我是不是变得世故了？也不全是。我想起马克思关于友谊的论述。

读　书

春秋战国时期，文字都是刻在竹简上，"学富五车"，换成今天的书其实并不多。古代可能是因为典籍少，所以要反复阅读，而今天书太多了，对大多数人来说，只能走马观花，并不能走心。

我经常说，一个作家只要不犯法、不违反道德规范，对生活体验得越多越好。我现在的问题是，精读太少，经常有"书到用时方恨少"的感觉。现在每年出那么多书，绝大多数没时间去看，当然，也没必要全看。但是，怎么把书由厚读薄，由薄读厚，对我们是考验。有的人读书不多，读过的都是精华，且都被他吸收了，这就比囫囵吞枣读千本万本要好。我如果喜欢一个作家，往往把他的作品翻来覆去地读，每天都读，感觉学习的效果就很明显。我曾在地铁里看到一个女孩抱着《中日大词典》一直在看，旁边有什么对她丝毫不影响。她也许是为了考试，也许是为了工作，但以这样的精神去读书，真的让我感到震撼。我们如果能把高考前的那股劲头拿出来一直学习、读书，那肯定会战无不胜、攻无不克。

人生是一本书

每个人都在书写他自己的历史，也可以说在写他自己这本书。也许这本书不会出版，但是，它是存在的。

当我们老了的时候，我们当然希望这本书厚重、大气，会被越来越多的人提起、翻看。不希望这本书被放在角落沾满灰尘，或者外面看着光鲜，里面真正给人启迪的不多。我们当然也不希望人家看完后说，什么书，全部是"假大空"。还是想有一些实实在在的东西，哪怕薄一些，但是，要有真实的、有意义的东西在其中。

我们每天都在书写自己这本书。后人在看着我们书写。

祖　先

我曾在一本儿童小说中写了儿子和父亲的对话：

"爸爸，这么多星星，是不是我们的祖先那时候也在看它们呢?"

"那当然,它们的寿命都是以亿计算的。"

"您说我们的祖先都是干什么的?"

"我们不是大户人家,没有家谱,也就没有记载。"

"有没有带兵打仗的?"

"可能有。"

"有没有当官的?"

"可能有。"

"有没有坐过牢的?"

"可能有。"

"有没有当大官的?"

"可能有。"

"有没有做不好的事,被人家在背后指指点点的?"

"可能有。"

"这个不好,最好不要有。"

"是呀,我们虽然不知道我们的祖先是从哪里来的,曾经做过什么,但是,可以通过我们的努力,让我们的后人为我们感到骄傲。"

"爸爸,我要努力,成为您的骄傲。"

"儿子,我更要努力,让你为爸爸骄傲。"

我们的祖先里出过英雄还是不好的人,我们无法去考证。但是,我们可以做的是,不给我们的后人丢脸。每当我看到有的人在那里旁若无人吹嘘的时候,我就想,如果他的孩子在场,孩子会怎么想。当然,这还不算大事。倘若做了违法犯罪的事进了监狱,肯定会影响孩子的一生。

幸　福

随着年龄的增长，我已经对有些事情看得没有以前那么重了，觉得还是平平淡淡最好。写好自己的文字，做好自己的工作，有更多的时间和家里人在一起，有一些谈得来的朋友，一生就满足了。

写到这里，想起了刚刚在《读者》杂志看到的一篇短文，上帝问人，你的愿望是什么，那个人大概说了我上面的话。上帝扭头就走，上帝说，这样的生活也是我所向往的。

调兵遣将

《新华字典》里的多数汉字人们都会用，但是，要组合得不一般，甚至光彩夺目，顿叫山河增色，却不是每个人都能做到的。优秀的作家都有这种本事，就好像优秀的音乐家对声音和节奏特别敏感一样。天分特别重要，没有天分，很多时候努力一辈子，也是徒劳，如我。一想起来就很沮丧，沮丧。

上天把我降生到这个世界，最适合我做的是什么工作呢？要正确认识自己，很难，很难。

替古人担忧

看历史书，时不时替古人惋惜，为什么要这样走，而不那样走。这是我们跳出局外看，如果身处其中，可能比他们还要傻。我们正在书写明天的历史，只是我们的事情小，不会惊天动地，但是，也是个人的历史，吸取历史的教训，不要出昏招，坚实走好每一步。

"以史为鉴"是好话，很多时候，我们并没有认真地去总结历史、吸取教训。就说骄兵必败吧，说了几千年，还是有人在重蹈覆辙，大的，小的。不迁怒、不贰过，孔子那个时候就说，我们今天是不是真做到了？

他是一个人

作家严文井在《悼沈从文先生》一文的最后说："他来了，又去了，一生曲曲折折、辛辛苦苦，但是不虚此行。他是一个人。"

小时候在家乡经常听到这句话的反话，长大了在电视剧里也会看到，一个人对另一个人气愤到了极点，会声嘶力竭地说，你不是人、他不是人。在骂者眼里，人是有标准的，不管这个标准是高是低。严文井说沈从文是一个人，应该是一个大写的人，一个优秀的人。在严文井眼里，肯定也有小写的人，不能称之为人的人，他只是没有说出来而已。

我也经常想起小的时候大人们常说的一句话：书都读到哪里去了？意思是说，读书人和不读书的人还是有区别的。生活中，一个人饱读诗书，但是，他的言行还没有不读书的人文明或者高尚，那他读书又有什么用呢？

放 下

看一个内部刊物《禅》，其中有一篇文章《放下你的心》。文章说："对功名利禄放不下，出现了跑官、买官、贪官；对金钱富贵放不下，催生了贪污、受贿、盗窃；对爱情婚姻放不下，产生了痴男、怨女、殉情。""你只有放下一种执着，才能收获一种自在。"

该放下的是要放下，不该做的也不要去做，但是，全部放下就好吗？我看未必。还是古人说得好，恰到好处，过犹不及，不好全都放下，也不好全都放不下。

谭继和，著名学者，重庆开县人。1965年，四川大学历史系徐中舒先生为导师的先秦史副博士研究生毕业，后在北京中国近代史研究所范文澜先生《中国通史》编写组工作。从1975年至今，在成都长期从事社会科学研究和新闻出版编辑工作。曾任五至八届省政协委员兼文史委员会副主任、第十成都市政协常委、省社科院巴蜀文化学首席专家。现任四川省政府文史研究馆馆员，省社科院二级研究员、博士后导师，省地方志审核委员会委员，省历史学会会长，省大禹研究中心首席专家，天府文化研究院学术委员会主任，川大中华文化研究院咨询委员。四川省的司马相如、郭沫若等研究会名誉会长，中国郭沫若研究会顾问。四川省的李冰、扬雄、武则天、杜甫、杨慎等名人研究会或研究中心顾问。学术成果主要有《(刘沅)十三经恒解笺解本》(十卷本，获全国优秀古籍图书一等奖)、《巴蜀文化辨思集》《巴蜀文脉》《竹枝成都》等。三十年来开设各种讲座百场以上。终身享受国务院政府特殊津贴，第七届四川省学术带头人。最近获得省社科院"建院60年来有重要贡献的老专家"荣誉称号。

◎谭继和

宽窄是人生美学

　　要说到宽窄问题，就会想到很多词汇，宽窄、粗细、短长、内外、大小、左右，作为哲学问题，对宽和窄可以专门进行研究。我最早接触宽窄哲学是因为宽窄巷子，在一次新闻发布会上我说，宽是逍遥生活的记忆，窄是心灵享受的回味，也就是说，宽是群居生活的一种集体文化性格，成都人就是逍遥自在，行云流水，所以说是逍遥生活的记忆，而窄则是个人心灵享受的回味，后来改成了"逍遥生活空间，心灵享受窗口"。由宽和窄，我就想到哲学对立统一辩证法。用辩证法来解决个人生活的问题，解决社会的问题。这些问题的核心就是这个"中"字，离开了这个"中"字，要么就是左，要么就是右，所以始终在寻找这个"中"字。这里谈几个相关理论。第一是中庸论，毛主席当年在延安讲，中庸就是辩证法。中庸就是怎么取其中的问题，就是宽和窄如何结合的问题。第二是长短论，尺有所短，寸有所长，这个长短尺寸，不就是宽和窄的关系吗？这是个辩证关系。第三是太玄论，蜀中扬雄根据孔子儒家理论和《易经》天地人的关系，提出人在天地之间的重要价值。天宽地窄，宇宙就是这样的，那么人如何来对待这个宽窄？扬雄这样解释的，根据《易经》，上两爻代表天，下两爻代表地，中间两爻代表人，天怎么变，地怎么变，中间的人就怎么去适应。扬雄的太玄论就是解决宽和窄怎么和谐平衡的问题，最终追求的和谐状态，也就是对立的两面，和谐的状态是长于对立的状态，所以我们才可能提出今天的和谐论。传统哲学提出了中庸论、长短论、太玄论，今天我们提出了一分为三的中介论和宇宙悖论，宽窄论也是个新的概念，新的发展。

　　宽窄论首先是生活哲学问题，任何人都会碰到荣辱、宽窄、大小等问题，所以生活哲学、生活态度有宽有窄。其次是思维方式，人生态度究竟是宽好还是窄好，还是宽窄结合的好，这也是需要思考的问题。思维方式一定要两权守其中，我们在努力寻找这个中的状态，而中的状态离不开宽，也离不开窄，该宽则宽，该窄则窄。社会发展也有这个问题，社会的发展是一个复杂的过程，是宽变窄，窄变宽，宽窄结合，在努力寻找这种模糊地带，我们的思考方式也有这种模糊地带，这是模糊数学。模糊数学给我们的启示，不要是那种完全对立的思考方式，而是在对立之中寻找它的统一、协调、平衡、和谐，那种状态是动态的，是变化的，从大变到小的，阴和阳转换的，然后小又变成大的，阴太强了又会变成阳，所以阴阳也是转换的，因此阴阳概念和宽窄概念也是有关系的。所以说寻找宽与窄之间的模糊地带，解决中的哲学问题，需要宽窄的哲学来补充。作为人生态度来说，对生活要宽，对荣辱要宽，这些哲学理念跟道家、佛家都是非常一致的。对己要窄，尤其是物质享受要求要窄。再次是天地哲理，进一步仰望星空，天马行空，这个是宽，具体到生活、家事、家庭、个人怎么对待，这个是窄。

中国哲学也是经常在宽和窄之间抉择，实际上宽和窄指的是粗细、长短、内外、实空、大小、左右。中华文化源头最早的是易，《易经》通过阴阳论述万象，宽了就要变窄，窄了就要变宽。解决和谐平衡问题是"阴阳"二字的根本含义。易的这种对立发展成道，所以道是从易发展出来的，道生一，一生二，二生三，三生万物，都是在这种阴阳、宽窄转换当中。最后道生于无，无就是太极，太极不是没有物，而是众多的元素，黑白等七种颜色都集中在太极里边了，当然这就是无，但是它包含着七种颜色，变幻出一生二，二生三，三生万物，多种颜色，所以无不是没有东西的概念，而是个集合众多的概念。第二步生出道，第三步生出儒，儒家是根据道，易是阴阳，道是把阴阳统一，儒家认为应该包容、开放，所以第三步生出儒家，而后佛教传入，从生活态度到社会治理，佛教提出了一整套理念，因此才形成了我们的传统文化这样一种以儒为本的开放体系，允许各种哲学并存研究。

一、儒家主张忠恕之道。责己者严，责人者宽，就是宽严结合的美。己所不欲，勿施于人，是恕，万古恕道我独悟，己欲立而立人，己欲达而达人，当然是人生道路宽阔的美，对人类和民族命运共同体贡献的美。以公忠体国的诚信理念修身，严于己，是窄的美。忠恕就是宽窄结合的美。

二、佛教中国化的标志是禅宗，禅宗有顿悟，六祖慧能主张的；有渐悟，是北宗神秀的主张。巴蜀禅宗的首创者智诜是慧能与神秀的师兄弟，认为该把二人的主张融合起来，兼容南北二宗，"顿渐随缘，自在为美"，行云流水的生活态度是美，利益众生的苦修磨炼也是美，一句话，随缘宽窄都是美。

三、道家主张羽化飞仙的美，是浪漫主义的美，是仰望星空的宽的美。上善若水，崇尚自然，都是人生境界宽的美。苦修苦行，隐逸青城，是远离尘世喧嚣的美，是人生苦修窄的美。

总之，儒释道三家以儒为首，主张无极而太极，无极就是太极，太极就是无极，是宇宙共同体、世界共同体包容开放的美，故曰：宽窄是人生的生活美学。

田耳，"70 后"，代表作《一个人张灯结彩》《天体悬浮》《风蚀地带》。2007 年中篇小说《一个人张灯结彩》获得第四届鲁迅文学奖，成为史上最年轻的鲁迅文学奖得主，同年获得 2007 年度人民文学奖。长篇小说《天体悬浮》获得第十二届华语文学传媒大奖"年度小说家"奖，小说《一天》获得第三届华语青年作家奖中篇小说主奖。

你往哪头是宽？

◎ 田耳

　　我来成都两次，都在五月，都去了宽窄巷子。

　　成都好大，也和别的城市一样，一旦有了"地标"或曰"城市名片"，也就浓缩成几处必去之地，游人可做减法，迅捷地闻见一座城市的气息。

　　宽窄巷子恰是一张"城市名片"。其实我很怀疑这所谓"城市名片"，偌大一个城市何以被数处景点代表了？但这又是事实的存在，是时光的自然沉淀。某处景点，某条街巷浮出水面担当"城市名片"，有自然择汰的过程，并非费心巴力营造出来的。

记得头次来，是2010年5月，参加天津《小说月报》的笔会。成都成为中转点，重头是转道去往川西九寨沟。

初到宽窄巷子是晚上，另有一个杂志的笔会同样落脚成都，两边文友撞了一块，相约去那里的酒吧喝茶，聊文学。我平素对旅游并无兴趣，来之前也不曾查阅"旅游指南"一类书，宽窄巷子这名字是头一次听到，就引起注意，并有联想。

我也算巷子里长大的人，从未考虑巷子有宽窄之分，记忆中是一无例外的逼仄、拥挤。晚上没有导游，本地朋友带入，我还特意问哪条是宽巷子，哪条是窄巷子。本地朋友指给我看，我没发觉有宽窄的区别，几乎一样。

不及细想，先到的朋友已迎出来，带我们进到一处仿古宅院喝茶。那时候，聊文学还能有热烈的气氛，每个文友争相发表真知灼见，又哪曾想到这已是某种尾音和余绪。

聊文学时，我还是在想宽窄巷子，怎么我看上去它们几乎没差别？这里面是否藏着奥义，有待破解？不得不说，这个地名本身挺吸引人。

那一整年在记忆中都很清晰，我算是刚打了人生的翻身仗。

我大专毕业一直没找工作，社会上摸爬滚打，从事过的职业不下六七种，都干不长久，甚至没赚够糊口的钱，索性待家里写小说。

说是自由撰稿，掩不去啃老的事实。好在父母通情达理，见我每天写得勤奋，认为一时虽赚不到钱，但也不算坏事。

要说通过写作成为作家，赖以谋生，父母也不信，认为是极小概率事件，便相约写到三十岁，若还吃不到一碗饱饭，便要出门寻事，赚一份工资，把写小说当成业余爱好。

一写若干年，起初我每年只发表一两个小说，稿费不够买鞋；而在小县城，鬻文卖字也铺不开生意。

2002 年，我的小说开始发表顺畅。转眼到 2006 年，三十岁之约已至，靠稿费吃饭眼下还不可能，但已有多家杂志向我约稿，以此谋生，苗头似又若隐若现。

"那就，再坚持几年。"父母再一次予我以支持。我人生的转折发生在 2007 年，刚过三十一岁生日，写小说完全是新人，忽然获得了鲁迅文学奖。

获奖时我还不知道此奖的重要，因先前省作协通知我报，我因没有样刊上交还拒绝，却被发表我作品的杂志上报。编辑也说，报我也是凑名额，没想真就获奖。

我是后来才发现命运就此改变，2008 年我由县文联解决了工作，成为事业单位的一员，有了稳定工资。

虽然刚参加工作时才千把块钱，但我分明感觉到，我可以一直写下去。数月后，我按职称申报条例，直接获评正高，工资陡涨一截，在县财政局的工资账面上和县里几个主要领导人同列前茅。

这在小县城引起的反响，不亚于获奖，亲友们只能从工资的增幅理解获文学奖的意义。

所以，我第一次来成都，第一次走入宽窄巷子，正处于自以为的"上升期"。

工作解决，从小热衷的写作可以一直持续，恋爱已到谈婚论嫁，所谓立业成家，都在这不大不小的年龄撞在一起。我分明感觉有全新的生活朝我扑面而来，内心难掩期待，虽而立已过，自认为刚通过人生的窄门，步入宽阔之境。

那一年，成都尚有一种老旧气息，但在我眼里分明是欣欣向荣的，所见的一切景色，都应着彼时的心情。

今年再去成都，是因获得华语青年作家奖，这奖项是成都面向全国搞起的，已办至第三届。

时隔八年，再来成都，记忆中的老旧气息全然找不见。不得不说，这八年里去往的一切城市，变化都难以描述地快，每天变貌，新的社区成片覆盖了旧街巷。

成都旧的坊巷仍在，却又焕然一新，平添妩媚，大都市的气质在许多习焉不察的细部都有彰显。

这次来成都，又正好有两个文学活动一起搞，来的文友照样很多，聚在一起多是吃火锅，谭鸭血、老龙坎，还有叫不上名字的。

随着火锅店里烟雾铺展，热闹气氛还有，但文友都已懒得谈文学。谈什么呢？其实什么也不想谈，每个人低起脑袋看手机，脸上时而现出热恋状，一抬头又变了漠然。

得奖毕竟是好事，奖金也算丰厚，但这次抵蓉，根本找不见当年的心情。

这八年里，自己的生活轨迹也是变幻莫测，不比这城市的进程缓慢，仿佛整个时代提速，人与城市，与所在的一切都裹挟其中，难以幸免。

八年里，我的工作调动，从小县城悠闲的创作员成为一所大学里规矩办事的研究员；八年里，女儿从出生长至七岁；八年里有了意想不到的离异，我独自生活在八年前从未去过的一座省城。

这些变故似乎都在拉长着时间，按内容量来算，这八年就是我最漫长的八年。人生的境况，就在这八年里有了巨大变化。

当初面对即将到来的日子，欣欣然有所向往的心情，此时全都凝滞，近几年时而处在一种抑郁中，需反复调整心情。

我也绝非脆弱之人，抑郁只是抑郁，尚未郁结成症，我也恰好能够领受，能够调整，日子就在明明暗暗的反复中推进。

我现在面对的一切，都是八年前从未想到的。这次来成都，奖项的主办方照样又将一干人等拉到宽窄巷子，从下午开始，一直待到晚上。

八年过去，宽窄巷子作为城市名片的功能显然在不断加强，人太多，有的地方水泄不通。这使我忽然记起八年前那一夜，巷子似乎还有些冷清。我仍记起八年前的疑惑，趁着白天，仔细观察了宽巷子和窄巷子。

人潮如涌，多少对我的视线有所干扰，但疑惑仍如从前：宽巷子和窄巷子，根本分不出宽窄。你往哪头是宽，又往哪头是窄？

晚上聚在白夜酒吧，其实白夜酒吧已和我去过的那些古镇不可或缺的酒吧一样，格局整齐划一，面目却又模糊。传说中的店主，美女诗人翟永明，仍是难得一见。

但这就是一个哏，纵是见面又能怎样，还能激发出我们心底古老的诗兴？这一点，我倒是毫不期待了，和朋友们喝酒闲聊，心底依然存着事，说着说着便独自发呆起来。

"宽巷子、窄巷子，我怎么看着差不多呢？"邻桌有人发问，问成都本地的朋友。又说："再说两条巷子的功能定位，'闲生活'和'慢生活'又有什么差别呢？"

我不免侧耳倾听本地人的回应。本地朋友似乎已多次跟人解释，再一开口答得顺畅。说这本就是偶然：事起于 1949 年前，当时的政府新立规矩，胡同一律改成巷子。前来改名的工作人员，还实地勘测，勘测后发现两条巷子宽窄略有不同，便把宽一点的叫成宽巷子，窄一点的便是窄巷子。旁边一条巷子里有一口水井，便叫成井巷子。

疑惑许久的事情，突然有了答案，且答案竟是这样！

不禁莞尔，没想到这名字的由来，竟出于当年工作人员近乎敷衍的态度。若当年那位工作人员是文人，小有学识，喜好寻章摘句，必然煞费苦心，找两个文雅的词汇妥帖地命名这街巷；偏巧这人并不风趣，有些呆板随性，手头一指，宽一点的叫成宽巷子，窄一点的就是窄巷子。

但他哪曾想到，这随性的命名，多年后导致了这巷子名声蹿响，成为一个偌大城市的名片。

实话说，类似于宽窄巷子的旧街巷，在南方的老城中比比皆是。宽窄巷子如何从众多面目混淆的街巷中脱颖而出，有了今天的光彩，其中发展、演进和传播的历史足可当成案例，供专业人员探究。

我只是想，难道这和"宽窄"的命名没有关系？中国人好玄思，遇古怪的人名地名往往要发微索隐，恒钉考据，探究此中真意。"宽窄"的命名，岂不恰恰应和了这份探究考据的癖好？

至少，我本人即是如此，八年前来过，街巷的样貌已然模糊，与去过的诸多地方混淆不分，但"宽窄"之名却如此清晰。

然后，再要去探寻地名中的真义，却发现所有预期中的深奥都已落空，只是当年一个工作人员任性的命名。就如宽窄巷子，宽窄是度量得出，其实在人眼中并无多大区别。

转念一想，这又如何不是真义？世事无非如此，琐屑的日常中，偶然总是大于必然，费心的营造总是比不上意外得来的妙趣。人总想走出狭窄地带，走向宽敞之处，但又如何知道你往哪头是窄，往哪头是宽？

八年前我来这儿，以为人生的宽门已朝我敞开，从此以后一步跨入幸福；八年后再来，才发现往前的路没有宽窄。或许这般的感悟更多来自恰好的年龄段，而立迈向不惑，本是人生巨大的拐点。

而立之时，世界仿佛天宽地阔；及至不惑，来路归程已无宽窄。知这烦恼不可避免，无法躲避，只能顺然领受，反而得来一种真正的淡定。

前几年一心想摆脱内心的小抑郁，慢慢却觉得抑郁也如其他一切事物，大抑郁伤身，小抑郁权当是怡情，不再试图去摆脱，把它当成一个朋友，安然相处。

当烦恼时，我提醒自己记起来：烦恼就是智慧。

王久辛，首届鲁迅文学奖诗歌奖获得者。先后出版诗集《狂雪》《狂雪二集》《致大海》《香魂金灿灿》《初恋杜鹃》《对天地之心的耳语》《灵魂颗粒》《越来越渺小的美》等八部，散文集《绝世之鼎》《冷冷的鼻息》，随笔集《他们的光》，文论集《情致·格调与韵味》等。2008年在波兰出版发行波文版诗集《自由的诗》，2015年在阿尔及利亚出版阿拉伯文版诗集《狂雪》。曾任《西北军事文学》副主编，《中国武警》主编、编审。

忆少年 天籁宽窄游

◎王久辛

一个人，在少年时代受天籁之辽阔、宽广、无垠的自然滋养与哺育的多寡，直接关涉着一个人成年以后心灵的丰简、润枯、厚薄与宽窄。

立秋之后，盛夏终于进入了尾声。然而我心灵深处的夏天，却充满着清凉浓荫的诗意。小时候，我与姐妹弟弟常常围坐在院子里的大槐树下听奶奶讲牛郎织女、《三国演义》《水浒传》，无尽的碧空伴着那生动、曲折的情节，给了我无限的想象。我与院前院后的小伙伴们，像野草一样地疯长，无拘无束，撒欢尽性，每天都登高爬低，无所畏惧。于今想起，沿着铁梯爬上三四十米高的大礼堂顶，掐腰远望，毫无惧色的感觉，真是有点小兵张嘎的英雄气概；在两拃宽的小学校围墙上迅跑，如在平地上比赛似的奋勇向前，也大有小武侠的精神风貌。

我小时候玩得野，见什么玩什么。亲手做过滑轮车，绑在脚上，在工厂家属区的大小街道上疯野似的乱窜；做过小汽船，在郊区的小河沟里试水；做过小吊车，摇着摇把东吊西钩，一玩就是一个晌午；冬天，我踩着用竹板做的滑冰鞋在雪地上撒野，春夏秋三季，用自制的各种刀枪剑戟，与小伙伴们一起玩耍……我打小洪拳、乒乓球，下象棋、围棋、石子棋；练书法，拉二胡，吹笛子，说相声；自己买二极管，装无线电耳机，爬树架天线；自己扎风筝，在旷野上狂奔；自己做酸梅汤，买青红丝自己做甜点吃……我最珍爱网球鞋，破了用一块兽皮自己补，针脚细密整齐，父母表扬奶奶夸奖……备战备荒，我们和大人一起挖地道，睡地道，玩地道战，不过瘾，又从地下玩到地上，玩铁道游击队打鬼子……我常爬到二十米高的大树上捋槐花、榆钱儿吃，也常与小伙伴一起翻墙进"太液池"果园，摘那里树上未熟的果子吃；我打乒乓球，在全校是前三名。

虽然我干什么都没有干出啥名堂，但是要说这个玩儿，我可真是玩得没个边儿。所以，我日后的写作，只有不会写的字儿需要查字典，没有不会写的事儿，想象瞬间即来，什么时候都能一挥而就。我一直以为：文学与科学不是一回事儿。科学是乖乖孩儿的事业，文学是野孩子的天堂。爱读书琢磨事儿的人，老天要他们去研究科学，是对的；贪玩儿心野有经历的人，命运安排他去从事文学创作，那也是天意。

比如说对大地的理解，对泥土气息的敏感，对万物灵长的好奇，这都不是从书本上可以得到的，当然，也不是凭想象就能获得的。这需要对生物多样性观察，对一个个具体灵物有相视交流与投入把玩才行。我对土地的理解源于少年时代捉斗蛐蛐、吊巴巴猴、粘蜻蜓、捕蛇、钓鳖、抓鱼、叉青蛙、养猫养狗养鱼种花，甚至是与小伙伴们一起，夜晚偷吃农民地里的西红柿、黄瓜……什么是土地，土地就是丰盛的动植物园，它要给予我们的永远是意想不到的滋味，而且全是充满鲜活气息的万物灵长的出其不意。

冬天，天寒地冻，按说是没什么好玩儿的去处，然而那时的小伙伴们，却愣是找到好玩儿的事情来。捉麻雀，开始是奶奶帮着在家门口，用一个系了细绳的木棍支起箩筐，撒一些小米诱捕麻雀。说实话，这个办法太小儿科了，是当年的迅儿与闰土的小把戏，现在的麻雀早精了，根本不灵。有时候一上午也见不到一只麻雀上当入筐。院子里的小奎哥哥有办法，不知道从哪儿弄来一张渔网，告诉我说要我和他弟弟小钟，明天凌晨四点出门，和他一起去网麻雀，并说他已经在雁雀门水车边的土房子里做了窝，估计会有很多麻雀避寒入室来吃米。兴奋的我，几乎一夜没合眼，只听小奎哥小声冲我家门喊了一声老久，我便咪溜下床，麻利地穿上衣服，溜出了家门。

水车边上的土房子，原来是夏天给浇地的农民休息用的。浇地农民要不停地挖开渠梁，放水进一块一块的田里，待水浇灌满了，再将渠梁堵上，挖开下一块田地的渠梁。往往浇灌完整片的田地，天也就差不多要亮了。于是便进房向铺了竹席的地上一躺，一会儿就打呼噜了。冬天，这个房子是空的，几乎没有人来。而且门窗从来不关，于是就成了麻雀避风霜躲雨雪的天堂……我和小奎小钟哥哥蹑手蹑脚、小心翼翼地接近土房子，小奎哥哥交代我和小钟：你们张网堵在窗户口上，我去关门。网口上绑了两根竹竿，刚好，我与小钟哥一人一个，把网撑开，罩着窗户口。小奎哥哥一边说握紧罩严，一边双手就拉住门环，将两扇房门用力地一关！"咣当"一声，门沿儿都震下了土。几乎没有停顿，小奎哥哥又将门打开半扇，然后又是用力一关！又是"咣当"一声……只见麻雀们受惊不小，几乎是一齐夺命般飞也似地冲向了窗户口……结果，麻雀的头全都钻入网格，被套得死死的，小翅膀还扑棱着呢……我们俩迅速将竹竿两边的网口一合，小奎哥哥从腰间取出早就准备好了的面口袋，罩着网口，然后将麻雀头一个一个取下，顺手就扔进了口袋里……猜猜看，这一网麻雀有多少只？四五十只呢！

　　夏天是最好玩儿的了。我二姨的大姑娘宝凤姐姐和我老舅王春泉在陕西省蔡家坡的机械设备厂工作，九岁那年，暑假一到，我便坐火车"咣当咣当"地来到蔡家坡。先在老舅家住，后到大表姐家住。表姐夫玉堂哥是个大能人，心灵手巧，干什么都不在话下。尤其是打猎弄野味，更是一个绝。傍晚，他一下班，便带上家伙，推出倒蹬腿的德国造自行车，带着我和小外甥真真，向厂区外的美丽田园进发……到了农民的稻田边，拣蛙声大的地头停下，玉堂哥先给我们做示范：一个竹竿头上，吊系着一根细绳，绳上扎一团白棉花，然后伸到水稻田里上下颤抖，不一会儿，就有青蛙跳着吞那白白的棉花团儿，吞上了就甩不掉。因为青蛙的牙是上下两排的倒刺儿，咬着棉花团是挣脱不了的。玉堂哥将竿收回，顺手抓住青蛙，一扯，便扯下来了，扔进布袋里。玉堂哥问我和小外甥：会了么？我们笑嘻嘻地说：这么简单呀？于是我和真真一人一个竿，便钓起了青蛙……真是太好玩儿了，一会儿一个，仿佛我们的身手获得了某种魔力，青蛙奋不顾身地向我们两个的白棉花团冲击，前仆后继……

此刻的玉堂哥在忙什么呢？他提着一只鳖笑嘻嘻地向我们走来，将鳖往车后的竹篓子里一扔，说：我钓鳖，你们钓青蛙，回家一锅鲜。我非常好奇，想看看他是如何钓鳖的。来到一个水稻茂密的田垄边，玉堂哥取出一个小瓶子，里面是猪血或鸡血，向水稻田里洒下，然后取出一小块带血的生肉，插到钩子上。说：不许动，不要说话，蹲下。半个小时过去了，一点动静都没有。我有点着急了，玉堂哥一点也不急，还冲我笑呢。来了，来了，从玉堂哥小心翼翼地将钩子慢慢伸入水中的动作中，我能感觉得到鳖来了……说时迟那时快，水面刚动，玉堂哥的钩子就迅猛地向上一挑，一只咬钩的鳖就被钩得牢牢的。我激动地喊：真真，快来，又钓上一只！钓鳖需要耐心，玉堂哥说：鳖看着笨，其实非常机警灵敏，比青蛙难对付多了。那个夏天，我在玉堂哥的带领下，对田野有了切近身心的理解，它不仅长稻谷粮食，也生鱼鳖青虫，只要用心，万物生灵，都是你的。没有什么是不可能的，没有什么是人不可以掌握拿捏的，人通灵性，万物皆有灵性，关键的是：你是不是一个有灵性又用心的人？

秋天是丰收的季节，也是我们少年最快乐尽性的季节。各种瓜果都上市了，但那时都不富裕，只能找些零碎小钱给孩子们买几回瓜果尝个鲜。我们家在西安西郊，每天晚上都有马车拉着瓜果蔬菜往城里送，于是，我们几个小伙伴埋伏在水泥路边，车一过，我们就悄悄跟在车后，把瓜果往背心里塞，有时赶车的农民生气了，就用马鞭向车后边甩，我的一个小伙伴叫巴黎，就被赶车的马鞭抽着了，一道血印子，真是吓人。但见他满不在乎的样子，拉开背心口，从里面掏出一个西红柿，看都不看就啃……在我的记忆里，吃西瓜最过瘾的一次，是我姐上山下乡那年的夏天，姐姐回家几天后要回乡去了，我觉得在家没事，便和姐姐一起骑着自行车回泾阳知青点，上午八点出发，一直到下午三点才骑到。姐姐他们点有十二三个人，我一到，几个姐姐说：久辛弟弟来了，李琦和平晚上弄几个瓜吃吧？和平哥是有名的拳王，在我们工厂乃至所有的知青点都知道他很厉害，刀枪棍棒与拳脚耍得很精，我特别佩服、崇拜。他说：没问题。泾阳产大枣，正是即将打枣的季节，当时常有别的队的知青趁夜深人静时，到枣林偷打枣，生产队便想了个办法，让男知青来看护枣林，记双工分。即用知青来对付知青，够"阴险"。他们接受了任务，白天睡觉玩耍，晚上带着铺盖卷儿和凉席睡到枣林里，我觉得太新鲜了，从来没有在户外野地里睡过觉，便嚷着和几个大哥一起去看护枣林。那一年，我十五岁。

在枣林，我们把竹席铺在地上，然后就躺在席上数星星、看月亮，四野八荒全是蛐蛐和各种虫鸣的嘶叫声。枣，已经熟了。据说，队里要等霜露打一下，枣更甜了，再打下来卖。陈伟问和平哥和李琦：几点去弄瓜？下半夜吧？和平哥没接话，拉开架势，开始他一年四季早晚都不曾间断的练功。他的功夫真是好，一招一式潇洒利落，弹跳刚劲，拳脚如风，我练过一年小洪拳，一看和平哥这功夫，我连说自己学过的勇气都没了……后半夜很快就到了，我们四个人开始向邻队的西瓜地进发。出发前他们不让我去，但拗不过我，所以说好了，只让我在快到的地头边上等，我答应了。之后，我看见和平哥提了一个布袋，李琦与陈伟一人带了一条裤子，只是把两个裤腿系在了一起。陈伟说：装仁没问题……月如白昼般亮，三位大哥动作很快，刚刚交代我"蹲这儿别动"，转眼就不见了。十分钟后，李琦背着裤袋回来了，拉起我就走，后面是陈伟和和平哥……然后我听见地头那边在骂娘："驴日的！偷瓜贼！抓贼啦！"我们四个人一路小跑就回来了……瓜，绝对是偷来的甜啊！那晚上我吃了我今生今世吃到的最甜最爽的西瓜。哈哈！

第二天，书记和队长来知青点转悠，看见院子里的一堆瓜皮，在笑。我心说：不好。队长说："各队都丢瓜，你吃我的我吃你的，却是一个偷瓜贼也没有抓住过，老百姓嘛，都掏钱买瓜吃，谁吃得起？"听了这话，和平哥说："就（zhou）是的嘛，一个瓜卖八毛，这就（zhou）是一个强劳力一天的工分了！"书记问："还有瓜么？"陈伟忙说："有，有！"队长说："杀一个，哒。"李琦迅速进屋，从床底下抱出了一个大西瓜，说："这是和平摘下的。"一刀下去，黄沙瓤，咬一口，甜得入心。

一晃，眼前的这一切都变成四十多年前的故事了。这些故事也许没有什么意义，但是经历过这些往事的孩子，却在这样的经历中成长，那一道鞭痕、那一声"抓贼"的叫喊，现在都变成了冷硬无比的道德底线，而那西红柿、大西瓜，则告诉了我们什么是大地丰收的滋味……又是秋天了，又是瓜果飘香的季节了。

"星月皎洁，明河在天，四无人声，声在树间。"是，是在树上的枝叶间，这秋蝉的嘶喊与过去秋蝉的鸣叫，还真是没有什么区别，有区别的是心灵。我不知道今天孩子们的内心能存储多少如此的天籁万象之音味儿，他们会不会觉得这些感受与体验毫无意义呢？天地万物，唯心为本，而唯有心灵的宽阔，才能从拳拳之心的窄门出发，走向天籁之万象，走向八荒之无极，走向天外的天。愿我们的孩子们都能有一颗与天籁万象相通的心。

◎吴传玖

宽窄有百味 窄处亦芬芳

吴传玖，笔名雨石，重庆人。1999年7月加入中国作家协会，曾任云南省作家协会军事文学委员会副主任、"中国新诗百年全球华语诗人诗作评选"活动组委会主任兼评委会副主任、《中国诗界》主编。已出版长中短篇小说、散文、诗歌、报告文学、影视文学、政工读物等著作十九部，并在《人民日报》《解放军报》《诗刊》等数百家报刊发表各类文学作品四百余万字。曾获得全国及省级以上文学奖多项。有著作选入"中国现当代文学经典论著"、考研图书及大学教材范文等多种选（读）本。《文艺报》曾专文评介其著作。为重庆市巴渝文学五个高点的代表作家之一。

一接触宽窄的话题，必会联想到那些敞亮无边的大道，那些阴湿逼仄的小巷。其实，在我看来，宽窄之道既通历史人文，又富哲学人生。既含抽象之象，又寓情理之理。

　　我出生在重庆，从小家境尚可，衣食无忧。按理说，完全可以按常人的路子，和这座城市的其他人一样，蛰居在这座都市里，读书，选择一份适合自己的工作，过一种无忧无虑还算舒适的生活。当年我从南开中学毕业，高考时选择了报考军校，并且如愿以偿。毕业后出校做军医，于个人而言，可谓是一条前途光明之路。然而，大学毕业却遇上"文革"，原本想毕业考研、做大医生的愿望随之灰飞烟灭了。随即被下放到昆明军区云南中甸（如今的香格里拉市）一个边防团锻炼。就这样，带着对故乡的恋恋不舍，对家乡父老依依惜别的感情，当然也带着对云南边地生活的向往和渴盼，来到了人生中的第二故乡——滇西北高原。

　　于是，原本准备拿手术刀的我，开始了操枪弄炮。生活的场景随之发生了极大的改变：从繁华热闹的大都市来到了偏僻荒凉的雪域高原，从大城市的大学校来到了艰苦的基层部队。从此，我的人生轨迹发生了改变，原来的文件说，下放锻炼一年后再回学校继续学习，或留校或分配新的单位。结果却发生了根本变化，我们这批下放当兵的学员被确定留在原地。我先做了军医，后因工作需要又改行从事政治工作，走了一条与医生之路完全不同的路。回溯这条人生之路不谓不苦，但却苦中有乐。我在新著——纪实散文集《当兵的人——我的人生笔记》中如实记录了这段人生：

　　那是二十世纪七十年代，我来到了毗邻西藏的滇西北迪庆高原的中甸县，而后又到了德钦县。主要任务就是在驻军的一个名叫藏七连的连队锻炼。在那里，我经历了高海拔带来的高寒缺氧等一系列高原反应和紧张但又十分新鲜的高原兵营生活。同时也和这里的藏族官兵、藏族群众结下了难以释怀的不解之缘。初识了他们的民族文化、宗教信仰、风土人情、生活习俗、性格习性。结交了许多堪可终生的藏族朋友。

我怎么也不会忘记，那一年在四千三百米的白马雪山上昼夜兼程行军一百二十华里，因我初到高原身体不适应而掉了队，是我的入党介绍人小扎史老班长为我扛枪、背包才赶上了强行军的队伍。

我怎么也不会忘记，那一年从澜沧江峡谷边的茨中乡执行任务返回连队途中，突发低血糖晕倒在海拔四千二百米的云岭大雪山，是炊事班的阿追老班长一步一步地把我背下了山。

我更不会忘记，奉命陪同昆明军区某测绘大队在维西县巴迪乡海拔六千多米的大雪山，执行测绘任务中不幸染上了疟疾，是几位藏族老兵冒着随时都可能掉入万丈深渊的危险，摸黑走了几十里雪山小路，把我背到了巴迪卫生院及时救治，让我脱离了生命危险。

是啊，在那艰苦跋涉的人生路上，正是他们给了我许多人生帮助，是他们给了我脱胎换骨的精神和力量。为此，我在后来的日子里，回忆起那一段难忘生活的时候，专门写下了一部《香格里拉当兵记》的纪实散文，在解放军文艺出版社主办的《军营文化天地》里刊出。不少读者给我寄来了真实感人的读后感想，其中有一个叫白玛央宗的藏族女孩，她的家在西藏的日喀则地区，当时她正在云南大理一个野战师的医院里当卫生员。她在写给我的信中满怀深情地说，她看了这篇文章，心里受到很大的感动："你很年轻的时候就到了藏族地区工作，对我们藏族的生活是那样熟悉了解，对我们藏族倾注了那样深的感情，结下了那么深的友情，真的使我很佩服，很感动，很敬重。如今你又到了我的家乡西藏工作，真心祝福你工作愉快，身体健康，家庭幸福。"同时，她还随信寄来了一份保健资料，嘱咐我保重身体。

　　我和这位叫白玛央宗的女孩素昧平生，她却从内心深处表达了对我的希望和敬意，我应该感谢她对我的鞭策和鼓励。云南省作家协会主办的《边疆文学》在刊登这篇稿件的卷首语中这样写道："军营老兵吴传玖的《香格里拉当兵记》，以写实的手法描绘了一个年轻人如何在雪域高原和军营这个大熔炉里得到锤炼的过程。您可以从中看出肩负成边守疆职责的军旅作家吴传玖的军中之路，是如何一步步走出来的。文学作家并不担负记录历史的责任，但是它丰富了历史，尤其是丰富了个人生命历程的历史。"这段话，我至今读来都感触很深。无论是从个人经历还是地域意义上讲，我的人生，不能不说是一种历史的机缘和天然的巧合。

　　后来，我又到过被称之为世界第二大峡谷的云南怒江州怒江沟境内的一个边防团队服役，且达七年之久。关于这段当兵的生活，我在撰写这部书稿时亦把它写成了近万字的纪实散文《峡谷回声》。

　　再后来，我又奉命到西藏军区任职。雪域高原上当兵人的生活，更是给了我强烈的感染和震撼。常年冰封雪裹、高寒缺氧的艰苦环境，与处处继承和发扬"特别能吃苦、特别能忍耐、特别能奉献、特别能战斗、特别能创业、特别能团结"老西藏精神的一代代西藏高原军人形象形成强烈对照和反差，因而亦更加强烈地感动和驱使着我提起笔来，记录下这段动人心魄的岁月篇章。我利用工作之余，饱含深情地写下了长达二十余万字的《西藏笔记》。自然，《西藏笔记》亦成为了我撰著的《当兵的人——我的人生笔记》这部书稿中浓墨重彩的一章。

　　回顾自己人生中的宽窄之历，不能不感悟：宽窄有百味，窄处亦芬芳！历史如是，人文如是，哲学如是，人生如是。

徐则臣，1978 年生于江苏东海，毕业于北京大学中文系，现为《人民文学》杂志副主编。著有《北上》《耶路撒冷》《王城如海》《跑步穿过中关村》《青云谷童话》等。曾获庄重文文学奖、华语文学传媒大奖·年度小说家奖、冯牧文学奖，被《南方人物周刊》评为"2015 年度中国青年领袖"。《如果大雪封门》获第六届鲁迅文学奖短篇小说奖。长篇小说《北上》获 CCTV "2018 中国好书"奖、第十届茅盾文学奖。长篇小说《耶路撒冷》获第五届老舍文学奖。长篇小说《王城如海》被香港《亚洲周刊》评为"2017 年度十大中文小说"之一。部分作品被翻译成德、英、韩、意、蒙、荷、阿、西等十余种语言。

◎ 徐则臣

阿丽莎的『生命喜悦』与《北上》之宽窄

很多年前看纪德的《窄门》，很喜欢，像喜欢黑塞的很多小说一样。两位作家都喜欢探讨精神问题，那么干净纯粹的精神、信仰，节制、隐忍，那么形而上，哪个自诩有点想法的大学生不喜欢呢？那时候我还不知道生活的庞杂和作为个体的人的丰富与复杂，确信精诚的力量，你可以把人生的高度设置得无限之雄伟，只要一门心思去做，就能揪着头发把自己拔离地球。而一门心思去想那些至纯、至远、至高的事，分明就是一个年轻人不可推卸的事业。这两年因为眼睛稍恙，尽量少费眼神，以听书代替看书，在听书软件上偶然找到《窄门》，下载了听起来。完全找不到当初的感觉，一路听下来，尽管大致情节还有所记忆，但仍忍不住一直着急，阿丽莎，你非得这样吗？

杰罗姆与表姐阿丽莎相爱，天作之合，世俗的情节里他们必定有情人终成眷属。可阿丽莎为了维护他们爱情的纯洁，度杰罗姆穿过那永生的"窄门"，清教徒一般绝情寡欲，以此来求得"生命的喜悦"。为此她积忧成疾，早早地耗干了自己。她的早逝孤独又绝望，我听见了她生命的枯索与悲哀。她顽强地相信"引到永生，那门是窄的，路是小的，找着的人是少的"，所以她必须孤绝和纯粹。她不相信通往窄门也可以有宽阔的大道，似乎也并未期待窄门之后也有宽广的世界。她努力删掉自己的一大半，只留下精神、精神，纯粹、纯粹。

但我们知道，人除去精神，还有肉身；除去孤悬一线的"圣洁"与"纯粹"，还有宽阔丰足的烟火和日常——人之为人，不仅仅只是个大脑，还有脖子以下蓬勃的生命；世界之为世界，不唯需要辽远的星空，还要有草木、江海、野马与尘埃。我们不能时刻携着精神的过滤器生活。甚而可说，唯有具备了穿越蓬勃肉身和大千世界的能力，方有资格跨越那道真正的"窄门"。"窄"从来就不是目的，它只是一个形式，提醒我们要对繁复和芜杂进行一场卓有成效的收束与删减，其"窄"，是为了进门之后更好地、有秩序地丰满与富足起来。跨过"窄门"，当知穿越时的窄险艰难，也当知门前门后皆须有丰富辽阔的凡俗世界。

阿丽莎的窄门过得让人唏嘘心疼。倘若真有来生，愿阿丽莎有条从容放松的生命之路。我相信她一定会重新打量这一道门：门后有生命的喜悦，门前何尝没有。

面对人生的窄门如是；面对文学的窄门，亦如是。

去年年底出版了一部长篇小说《北上》，跟京杭大运河有关。从1900年义和团运动、八国联军进京，北运河血可漂橹，写到2014年6月从多哈传来大运河申遗成功的好消息，时间跨度一百一十四年。空间跨度也不小，主人公意大利人小波罗从杭州出发，沿运河一路北上，到达通州，即将看见此行终点的标志性建筑燃灯塔时，小波罗病逝于船上，他生命最后的历程也是整个京杭大运河的长度，一千七百九十七公里。一百一十四年不算短，足够晚清以来的中国历史着实地壮阔和跌宕一番；一千七百九十七公里也不算短，足够大运河连通东西走向的五大水系，穿过四省、两个直辖市、十八个地级市。如此巨大的时空跨度，对一部作品来说是好事，浩浩荡荡的时空细节，不愁没故事可讲；但这样的跨度又给写作制造了更大的难度，不是捡到篮子里的都是菜，你得约束和提纯，你得给它一个可靠的结构，你得让它顺顺当当地穿过那道艺术的"窄门"。

"窄"之前肯定要"宽"，"窄"之后同样也得"宽"。如何宽，又如何将前后的宽统一在中间的窄里，是我写作这部小说的思虑所在。

京杭大运河我不陌生。多年来生活在河边，在大运河边也生活过数年，对它的历史沿革与气息脾性不能算不了解。但真要一板一眼去写，了解是不够的，要坐得了冷板凳，让了解升级为理解。读万卷书，行万里路，我就这么干，上上下下把运河走了一遍，凡欲涉笔处及心生疑难的地方，反复去走。田野调查一直是我虚构写作的法宝。百闻不如一见，下过笨功夫，接了地气写起来心里才踏实。大运河实有其名其地，弄不了虚作不了假，它的历史也白纸黑字放在那里，更不可以胡作非为。路走了，书还要看。路越走越长，书也越看越多，因为一条路总要岔到另一条路上，一本书也总能引来另一本书。有一段时间，我隐隐感觉到了面对各种资料的灭顶之灾，不过面对一架子精挑细选出来的相关书籍，也顿生半个运河专家的虚荣感。田野调查中的发现和疑问，我到书中求证和解惑；读书过程里积下的迷惑，再去实地勘察中找答案。如此互证和反复。这些辗转相当折腾，但你会感到美，心中和眼前逐渐宽敞明亮的美。这种美妙的好感觉也是我坚持下来的动力。

读了书，走了路，大运河在我的想象中胖了起来，也变得更加曲折绵长，起码在我动笔时，它在我头脑中绝不止一千七百九十七公里，总得翻上一两番吧。这是个好兆头，说明我对它的掌握超过了小说中所需要的量。写完《北上》，我把相关资料整理了一下，发现大运河胖出来的这一圈有同一个出处，就是它的"周边问题"。

何为大运河的"周边问题"？在我的理解里，就是那些小说里永远也不会涉及，但对我理解和写作这条大河有一定的启发和照亮功能的"问题"。京杭运河连通五大水系，从南到北分别是钱塘江、长江、淮河、黄河、海河，它们跟大运河什么关系？跟运河比，何为它们的"是其所是"？这些独特性对我理解运河有什么帮助？为此，我把五大水系的相关资料也翻阅一过。还参阅了灵渠和都江堰的前生今世。

历史资料也如此。小说只写最近的一百年，但在准备的过程中意外发现了不少兴奋点。比如两千多年来被定格在运河上的历史人物，吴王夫差、隋炀帝、元世祖忽必烈、马可·波罗、漕运总兵陈瑄、南旺水利枢纽的设计者白英等。以及对近代政治和文化产生了重大影响的历史人物：龚自珍、慈禧、光绪、康有为、梁启超、袁世凯等。在沿途考察和阅读史料中，又生出另一个头绪，我对运河史迹和资料中出现的书法作品有了兴趣，一会儿去网上搜索，一会儿去图书馆复印，加上现场拍照，手头上竟也积累了一大堆。这些都难以在小说有限的篇幅中一一尽数，但对我宽阔、立体地理解大运河打下了坚实的基础。

就材料与文学的关系，我常想到雕刻。问题与周边问题共为一块原料，雕刻家因艺赋形，周边问题最终被剔除，但抛弃不代表它们没价值。它们是无用之用。《新序·杂事》里说，皮之不存，毛将焉附；皮当然重要，但没有毛，皮也难成其为皮。一部小说的问题与周边问题，正是进入窄门前的那个宽阔的世界，自然、丰足、蓬勃、元气淋漓。进入窄门，即如雕刻家的删繁就简，作家要在这些汪洋恣肆的细节、故事和想法中建立可行的逻辑。"窄"即化约，需要纯粹和升华，但这化约、纯粹和升华并非意味着无限地压榨世界和人物的肉身，让他们成为失去血肉的抽象符号和逻辑，相反，要让他们成为更具活力的肌体，如同肥胖者进健身房，为的是把自己变成体魄强健和身形优美的鲜活的人。健身之后是另一种"宽",雕刻完成也是另一种"宽",去除了周边问题之后的问题也是另一种"宽":更凝练更有效也更科学有力的"宽",强大的精神寓居于合理丰沛的肉身之中的"宽"。这种穿过了"窄门"之后的"肉身",将具有更强大的精神力量。

《北上》付梓,跟每一部小说完成后一样,我不可避免陷入茫然和惶恐。我总怀疑,四年时间做这一件事,值么?当这本书放到读者面前,他们会怎么看?有天晚上戴着耳机悲伤地散步,边走边听《再说长江》节目的音频,突然听到片头中一颗水珠滴落的声音。那声音饱满、明净、硬朗,闪着张艺谋镜头中高分辨率的清晰的光,滴答,环绕立体声,整个世界被一滴水降落的声音充满。接着是另外一个声音,一个小姑娘在长江边跑动,一边跑一边奶声奶气咯咯地笑,笑声清新、干净,散发出青草、溪水与上午阳光的气息。我没来由地感动了,为这世间两个"无所用心"的细节。导演在片头让一滴水和那个小姑娘出场,当然是匠心独运,但不吐一个字,他只是让一滴水圆满地降落,让一个小女孩天真烂漫地带着生命的本能嬉笑。足够了,我的眼泪哗地流下来。没有高深地布道,没有象征、寓言和微言大义,人世间两种自然鲜活的声音如实呈现出来足矣。我突然就释怀了,如果你能被这滴水和这个女孩的笑声感动,哪怕只为这两声天籁之音感动,《再说长江》不也就值了吗?那么《北上》,假若读者在这浩浩三十万字中,也能有某个瞬间被一两个细节感动,只一两个,《北上》不也就值了吗?

这是自然与鲜活的肉身和细节的力量,谁能说,这肉身和细节就不是精神?日常与肉身的丰沛之宽,与那纯粹、向上、精严的精神与信仰之窄并非截然矛盾，它们可以互为彼此、相得益彰。

多年后再读《窄门》，我已经周身上下被生活浸透，也乐意宽阔、坦诚地面对日常。一个人当有所信有所执，但执非偏执，信亦非顽固和画地为牢。我以为好的人生应该自然、丰沛，汁液富足，而非强行把自己过成一张相片。我也以为好的文学当宽窄有度、饱满湿润，弹性十足且元气淋漓。这是我理解的生命与文学的"喜悦"。

阎安，1965 年 8 月生于陕北乡村。现任陕西省作家协会副主席，中国作家协会诗歌委员会委员，陕西省诗歌委员会主任，文学期刊《延河》主编。2014 年以诗集《整理石头》获第六届鲁迅文学奖诗歌奖。已出版《整理石头》《与蜘蛛同在的大地》《乌鸦掠过老城上空》《玩具城》《蓝孩子的七个夏天》《无头者的峡谷》《时间患者》《鱼王》《自然主义者的庄园》等多部著作。有部分作品被译成俄、英、日、韩等语言，在国外出版发行。

◎阎安

我们村子里的读书人

　　相信读书能把世界变轻，或者通过读书能获得一种把世界变轻的通灵术，然后世界改变了其原有的属性，变得无所不能，总是在关键的时候能逃脱厄运，化险为夷。

　　我说的是我爷爷，这个从战场上死里逃生的人，发起火来不但让家里人，也让全村人毛骨悚然的老兵。他说别看咱们这个连牛都回不转身子的窄沟旮旯，古时候可出过一个上通天文、下晓地理的读书人，他叫热良浩。爷爷大概是当年当兵期间听过什么人讲过《三字经》，把"若梁灏"一句囫囵吞枣地误解为一个人名，而"热良浩"这三个字，是我一个上过两年冬学的叔叔，为印证我的追问稀里糊涂写在纸上给我交差的。

爷爷在我小时候总是反复讲热良浩的故事，但他始终说不清这个读书人具体生活在哪个时代，总是说古时候。有一次，或者好多次，当我固执地质疑和追问热良浩到底是哪个朝代的人，逼迫爷爷要说出这个才算事的时候，他的自尊心受到了伤害，把正好端在手里吃饭的饭碗摔碎在地上，脸红脖子粗地冲我咆哮，说古人古事是教你明道理呢，不是跟你闲磕牙呢，三岁的时候看老来，一看你这小兔崽子将来肯定不是个出虱子的跳蚤。爷爷年轻时当过兵，参加过抗日战争和解放战争，为人霸道，不喜欢别人违拗他。

现在想来，我只是在那个没有多少书可读的时代，想从热良浩的故事中挖出更多的细节。这个故事令我着迷，而细节是故事的灵魂，只有细节才能让我有更多的依据一边望着头顶深渊似的天空发呆，一边想入非非。

爷爷说，古时候的热良浩，一辈子喜好读书，蓬头垢面，不搭理别人，八十三岁才考中状元，榜书下来的时候，他几乎已老瘫在自家的炕头上了，连走出村子的力气都没有了，对于不久于人世的热良浩来说，朝廷榜书只是给他多增了一件光芒万丈的陪葬品。热良浩一生最大的壮举，就是有一年，村子里的古树上突然飞来大门扇那么大的一只灰色大龟。这件事情当时轰动了整个村庄，村民们发现，大龟明明就落在树梢上，但它却那么轻，连一片树叶都不能压弯。这样一来，大家不由得都感到害怕起来，马上有一种恐惧感开始在全村弥漫，都觉得可能是有一种灭顶之灾就要降临村庄了。这时，有人想起了热良浩，觉得他读书多，应该请他来看看到底是怎么回事。话说这热良浩听了究竟，不急不慌，用合拢的扇骨撩起门帘，探出半个身子，一副漫不经心的样子，手搭凉棚只朝树上一望，说了句"千年龟，轻如灰"就转身回房去了。这一句话，把快要压爆全村人心脏的巨石轰隆隆掀飞了，整个村子顿时卸去致命的重负，大家都放心了。从此以后，村子果真幸免于难，而且兴旺发达，生生不息。

这个故事始终再未提及巨大神龟的去向。对于村里大多数人来说，故事讲到这里，他们已心满意足了，独独对我来说，事情可不能就这么不了了之，我迫切地想知道故事接下来的发展：那只树上的神龟去了哪里？它是怎么离开我们村里的？

有一个时期，我下定决心寻找答案。先是在村子里找树，甚至想要找到那棵热良浩活着的时候就长在村子里的树，体会和想象神龟如何以羽毛之轻降临树顶，又如何以扶风之轻离开深渊似的陷在细窄峡谷深处的村庄的情景，但是村子里没有一棵树。我走出村子在村外的许多山坡找，那些山坡上也没有一棵树，甚至连草也没有多少。

由于长时间找不到树，慢慢地，我变成了一个魂不守舍、忧心忡忡的人。但是有一次，事情终于有了转机，我听村子里的一个白胡子老头说，村子里还有唯一的一棵树，长在村子里最高的一座山的山顶上，那座山叫顶天山，那棵树仿佛长在天上。我后来果然在村外一座比较高但终归还算平缓的山上，望到了那座天上的山和那棵顶入天空的孤零零的树。我大概足足做了一年时间的准备和计划，攀登顶天山，在顶天山上去看那棵树。真实的情况是，要上到那座山的山顶上，必须连续绕过多座巨大而险峻的悬崖，登山就是登天，甚至比登天还难。但是在那年夏季快到麦收时节的某一天正午，我一个人偷偷走出村庄，不自量力地开始独自一人攀登顶天山。那年，我十岁刚刚出头，身单力薄，当然不可能登上顶天山。事实上，那天我上到顶天山半山不久后就迷路了，在试图穿过一块麦地时，我不幸迷失在铺天盖地的麦子里。我在麦地不停地乱扑腾，在一种无法言喻的孤独、绝望、恐惧中愈陷愈深，直到夜色降临。意识到自己就要死在麦子之中，我无声地独自抽泣了很长时间，然后由于极度疲倦和悲哀，渐渐进入了昏昏沉沉的梦中。我梦见我来到古时候热良浩读书的院子里，那棵在故事中落下巨大神龟的树还在，但树上的神龟已不见了踪影，我想跳起来，跳得像树梢一样高，然后看看一切到底是怎么回事。我跳了几次，再往高跳时，变成了一块云，飞上了树顶。作为一片云，我看到树顶上一无所有，就决定离开树飞向山顶，然后飞向远方。但是刚刚飞到能望见山顶的半空中，我感到全身不明原因地沉重起来，开始向下坠落，而且一阵比一阵更沉重，一阵比一阵坠落得更快，等到完全坠落到峡谷里后，我变成了一块石头，并最终丧失了知觉。

　　等我醒来时，已是三天之后的一个下午，我感到自己渺小，虚浮如一块揉皱的纸团，蜷曲在一堆被褥当中，而爷爷如同一个传说中守护宝藏的巨人，背抄双手，一动不动地守护在我跟前。我在迷迷糊糊的高烧中听见了爷爷说，憨孙子呀，爷爷也不知道那神龟到底去了哪里，你若想知道，你就好好读书，等你读的书比热良浩都多了，自然就知道了呀！我后来才了解到，那天我的出走简直成了惊动四邻八乡的一个重大事件，因为我那威震乡里的爷爷为了找到我，动员了周围几个村子几乎所有的青壮劳力，举着火把，鸣枪放炮，遍寻四野，把我们村里的山山洼洼一寸不剩地折腾了大半夜，终于在鸡叫天明时找到了我。

如爷爷所愿，我后来成了我们村子里继热良浩之后又一个读书人，或者按我爷爷向乡邻夸耀的那样，是一个比热良浩更有出息的读书人。我永远记得我上大学离开村子的那一天，爷爷在村道上送我，我在前，爷爷在后，全村男女老少也黑压压地站在路边参与道别，爷爷老腰高昂，趾高气扬，一边吼叫一样地大声咳嗽，一边爱理不理、志得意满地大声回应各种问候。与之形成鲜明对比，爷爷对我的态度突然异常谦卑，谦卑得都有了一种讨好和巴结的味道，临别时他特别嘱咐：你先去好好读书，以后我有大事给你安顿。爷爷为什么要说这样的话，当时我只是稍稍感到意外，但并没有太多在意。多少年来，我对爷爷在很多事情上总是半信半疑，我当然不得不承认他是经历过生死、见过世面的人，但他对人对事的粗暴傲慢又常常让我充满敌意，很多年中，我们爷孙为此难成兄弟，但是这一回我错了，后来发生的事情，让我对爷爷只能终生充满愧疚。

爷爷是在我大学快要毕业时突然病重的，他感到山倒河枯，自己就要寿终正寝，但是闭了几次眼睛，后来又像梦醒似的睁开了，迟迟咽不了气。他给家里人说，发电报给我的大学生孙子吧，我有事情要给他安顿。路途迢迢，七天之后我才回到村子，爷爷就上口气不接下口气地等了七天。等我赶到爷爷跟前，他已经只能大口大口送死气了，他见到我的第一句话是：你要是晚回来一天，我就等不上你了。

爷爷给我安顿说，他在北方沙漠打仗时，一共杀死过十七人，其中九个有名有姓，八个无名无姓，这些人都死在无名的旷野上，无家可归，每天夜里都来敲门打窗，惹是生非。爷爷说，你是个读书人，你裁上十七个纸条，九个纸条写上那九个人的姓名，八个纸条上分别画上三个圆圈代表那八个人，去北方沙漠上堆上十七个土堆，把十七个纸条分别压在十七个土堆上，告诉他们你是我的孙子，你是代表我来安顿他们。爷爷说，你安顿了他们就好了，我不想去那里以后和这些人继续惹怨斗仇，我想从此过个太平心安的日子。

爷爷接下来还给我安顿说，他在南方平原上打仗的时候，是个机枪手，到底打死多少人他不知道，现在这些人都在南方大平原的无名万人坑里埋着，一到夜里，这些人的尸体就堆山似的压在他的身上，压得他一口气都喘不过来，任他怎么求饶都不放过他。爷爷说，你是个读书人，你裁上一万张纸条，每张纸条上画三个圆圈代表一个死者，然后去南方的大平原上堆一个大土堆，把一万张纸条都压在大土堆上，焚香颂祷，让那一万具尸体随着一万张纸条飘向空中，从此还我一个轻松宽敞。

爷爷给我的最后一句话是，你读了这么多的书，比热良浩读的书多得多了，现在你一定知道了村子里那只压不弯树梢的神龟到底去了哪里。爷爷说完这句话后，嘴一张，腿一蹬，痛痛快快地咽下了一生中的最后一口气。

爷爷平生最后说给我的一句话，让我的悲伤五雷轰顶，也让我的悲伤平静而克制，使得我对爷爷的去世表现出一个胜过热良浩的读书人的特有的风度。我大概在一个角落里低低地哭泣了很长时间，然后我用更长的时间保持沉默，因为我突然感到了一种更甚于悲伤的愧疚。事实上在以后很多年中，甚至一直到今天，这种愧疚像息壤一样一直持续增长，或者也可以说在持续发酵，正是在这一增长和发酵交替进行的过程中，我才渐渐明白，其实爷爷所讲的热良浩的故事中，那只巨大的神龟既存在也不存在，你明白了它就存在，你不明白了它就不存在。任何故事，如果你很狭隘地去计较的话，它一定有结局，但如果你很宽阔地去领悟的话，它一定不意味着某种结局。毫无疑问，既然被读书人热良浩判定的神龟那么轻灵，那么神秘，世界上没有它到不了的地方，那么世界上所有宽阔的地方和所有狭隘的地方都不能限制和影响它，所以人们，包括这个故事本身，已完全没有必要替它操心什么了。

◎ 杨克

人生宽窄皆是路

杨克，中国第三代实力派诗人和民间立场写作代表诗人，其城市诗歌写作开启了某种意义上的主体性。现为中国作家协会主席团委员，中国诗歌学会副会长，《作品》文学期刊社长，北京大学诗歌研究院研究员。出版《杨克的诗》《有关与无关》《我说出了风的形状》等十一部中文诗集、四部散文随笔集和一本文集，日本思潮社、美国俄克拉荷马大学出版社、西班牙萨拉戈萨大学出版社等出版多种外语诗集，诗文收入《中国新文学大系》《中国新诗百年大典》等四百种选本。主编《中国新诗年鉴》(1998—2017每个年度)、《〈他们〉10年诗歌选》《给孩子的100首新诗》等。获英国"剑桥徐志摩诗歌奖"、罗马尼亚出版版权总公司"杰出诗人奖"、广东鲁迅文艺奖、首届双年十佳诗人奖等十多种奖项。在深圳市美术馆等举办过诗书个展。

"宽窄"原指物件的宽度或长度，泛指面积或范围的大小程度，一座城市，一条巷子，"宽窄"成为一个值得玩味的词语，它用词简单、低调，却意味深长。于是，在吞吐之间、行走之间，我们便有了宽窄人生之慨叹。而人生呈现给我们的，总是变幻莫测，诚如"世间的宽与窄是相对的，窄到极致便是宽，宽到尽头便是窄。换言之，窄未必为窄，宽也未必为宽；或者说，窄处即是宽，宽处即是窄"，这段话说起来有点绕口令，如同"绝对纯粹的存在绝对不存在"，却道出了人生的真谛。三十岁前浑身热血，以为生命黑白分明，天生我材必有用。许多年后从头到脚沾满尘土，回过头去看，世界恰恰是混沌的。福兮祸兮，有乐极生悲，也有看似山穷水尽，转眼柳暗花明。

上世纪八十年代，一个写作课拿了最高分的女同学，毕业分配到工商局，当时有些憋屈，觉得没有人尽其才，想换到文化部门工作。我还为之联系有关单位，最终也没有办成。殊不知后来平步青云，做了省工商局长、文化厅长，本以为陷入窄门，谁知行的竟是坦道。经历无法假设，也不能说如果她做了文化人，就穷途末路，也许如今已著作等身。袁枚当年送某尚书诗集，钤盖了"钱塘苏小是乡亲"印章。此公以为袁枚的举动轻佻。而袁枚却说：百年之后，人们记得苏小小，却不知道达官。

年年岁岁花相似，岁岁年年人不同。我想起在一个饭局上，与友人们聊起人生，听其中一位"70后"诗人说起她一位同学的经历，似乎可以作为实例：早在上世纪九十年代，正是七十年代生人的青葱年华，这位同学高大帅气，相貌俊朗，才初中三年级，身高就蹿到了一米八二，因为喜欢体育运动，初中毕业时，考上了市内体校，毕业后，成为学校的体育老师。因为俊朗帅气的容貌，快毕业分配回家的时候，被县粮食局局长的女儿看中，局长女儿比他大了三岁。粮食局长溺爱女儿，答应只要他与女儿结婚，便可为他安排比体育教师更好的职位——去粮食局上班。作为当年富盈的单位，去粮食局显然奖金福利等比做体育教师好得多。他放弃了自己喜爱的女孩，选择了做局长的乘龙快婿。他的前途看似愈加宽阔，然而随着社会变迁，粮食局好景不再。这时，他又做了新的选择，停薪留职下海。去了深圳，日复一日吃苦耐劳，跟别人跑钢材销售的业务。改革开放领头羊的沿海城市，给了他广阔的发展空间，很快，他就开了一个小门市店，第一年收入便达二十多万元。当时这也是一笔不小的数目，然而，就在他独立经营门市不到三年，家中单位停薪留职的年限已到，催他回去上班。想想当年为了这份工作的付出，加上已退休的局长岳父劝说，他只得将生意正红火的门市转让，又回到粮食局上班。但由于当年的停薪留职，他失去了在粮食局向上升迁的大好机会。诗人说，后来的多次同学聚会中，他偶尔会畅想，如果当年能够放弃看似稳当的铁饭碗，继续经营刚有起色的钢材门市，或许现在也早有一番作为……人生没有如果，如今他守住小镇的公务员身份，拿着一月几千元的工资，供养孩子上学，业余为老婆开的小卖店吆喝，也难说有什么不好。听完之后感慨，我们嘴里聊天的谈资，却是别人要过的漫长一生。我们看似宽阔的坦途，最后走下去，可能只是到达一扇窄门，而我们面对的窄门，可能又是另一个广阔的天地。左宗棠有云：择高处立，就平处坐，向宽处行。联系这位"70后"的大半生，他向"宽"的欲念，却一次次适得其反，路子越走越窄，真是"人生无进退，得失宽窄间"。面对复杂、虚幻的尘世，我们的选择尤为重要。怎样在错综复杂的人生迷宫中找到一条适合自己的路？恐怕没有谁能提前准确预知。

人生的宽窄之道，不仅是体会字面上的意思，更重要的是一种处世哲学和生活态度。一生的道路曲折，既有春风得意之时，也有失意落魄之时，我们会因为获得、夸奖或认可而欢乐万分，也会因为失意、谩骂、攻击而愤怒不已，对于成熟的人而言，岁月流逝带来的收获，也许就是心境随着阅历与知识的增长而变得平和，不再因物而悲喜，患芝麻西瓜之得失，如此才能走出自己的局限，进入更广阔的天地之间。想起一个"六尺巷"故事：清康熙年间，张英担任文华殿大学士兼礼部尚书。他老家桐城的官邸与吴家为邻，两家院落之间有条巷子，供双方出入使用。后来吴家要建新房，想占这条路，张家人不同意。双方争执不下，将官司打到当地县衙。县官考虑到两家人都是名门望族，不敢轻易了断。这时，张家人一气之下写封加急信送给张英，要求他出面解决。张英看了信后，他在给家里的回信中写了四句话：千里来书只为墙，让他三尺又何妨？万里长城今犹在，不见当年秦始皇。家人阅罢，明白其中含义，主动让出三尺空地。吴家见状，深受感动，也主动让出三尺房基地，"六尺巷"由此得名。因此，充满智慧的隐忍，是知进退、明得失、懂刚柔的方圆之道。而在人生遭逢逆境、挫折时，宽广的胸怀，才是继续行走下去的基础。

前段时间重庆万州的公交车坠河事件，引发广泛关注，在我们扼腕叹息之际，两个当事人——一个错过了车站下车的女乘客，另一个因愤怒失去理智的公交车司机，倘若能明白人生的"宽途"与"窄路"，女乘客到对面乘车倒回一站，男司机能"忍一时，退一步"，或许都不会走进死亡的"窄门"，进而还可以继续行走在自己生命的"宽途"。所谓心宽人生无窄路。一时冲动不仅害了自己，还害了其他无辜的生命。其实，类似这样的事件在我们生活中还有许多，起源都来自自私，所以才有谚语如是说：忍一时风平浪静，退一步海阔天空。

人生其实就是一场修行，修的就是一颗心，使之平和、宁静、宽容，懂得与理解这一句话中所蕴含的人生智慧："极尽三千繁华，不过弹指一刹那，百年云烟过后，不过是一捧黄沙。不争就是慈悲，不辩就是智慧，不贪就是布施……"宽窄不仅是现实一种，更是精神境界，如同爱，没有获得或者失去，依旧信仰。没有卖掉一张画、办过一次展览，依旧画；没有登过一次台，劳动归来依旧在月光下拉一段二胡，才是大爱。想起一次难忘的体验：夜里行走，四周一片漆黑，路的两边都是树，依稀可辨，簇拥着中间的道路仿佛狭窄的走廊。这时，前面突然亮起一盏灯，尽管灯火如豆，但照亮了黑暗中的小路，四周陡然变得宽阔起来。那一刻的照亮，以及明亮起来之后带来的天地广阔之感，让人心地顿时通透澄明。是的，天地本就广阔，之前的"狭窄"之感，只是来源于黑暗给予的错觉，所以，宽窄、得失，只是一种心境，而我们所要做的，就是要时常记得点亮心中的那盏烛光，心宽则明远，心窄必消沉。积极的人生态度，是一种处世的高尚智慧，也是一种澄明的平和境界。

宋朝湖州甘露寺住持圆禅师，有渔父词二十余首。世所盛传者只有一首《渔家傲》："本是潇湘一钓客，自东自西自南北。只把孤舟为屋宅，无宽窄，幕天席地人难测。　顷闻四海停戈革，金门懒去投书册。时向滩头歌月白，真高格，浮名浮利谁拘得。"作为一代高僧，圆禅师潇洒自由的人生境界，乃是吾辈之所求，其实要做到也不难，如果不求住处无宽窄，便可幕天席地，怀抱整个浩渺的星空甚至宇宙，在芳草润泽中漫步，在秋山红叶中游乐，在自然中走向至高至美的人生境界。

凉水塞牙与摸黑上路

——回忆少年时，初识人生的宽窄之道

◎ 叶延滨

叶延滨，当代著名作家、诗人，正高二级专家，首批国务院政府特殊津贴获得者，现任中国作家协会诗歌委员会主任、中国作家协会全委会名誉委员。1978年由西昌考入北京广播学院新闻系，大学期间被吸收为中国作家协会会员。曾先后担任《星星》诗刊主编、北京广播学院文学艺术系主任、《诗刊》主编。历任中国作家协会第六、七、八届全国委员会委员。已出版个人文学专著五十一部，作品自1980年以来先后被收入了国内外五百余种选集以及大学、中学课本。部分作品被译为英、法、俄、意、德、日、韩、罗马尼亚、波兰、马其顿等语言。代表诗作《干妈》获中国作协优秀中青年诗人诗歌奖（1979—1980），诗集《二重奏》获中国作协第三届新诗集奖（1985—1986），有诗歌、散文、杂文获四川文学奖、十月文学奖、青年文学奖等五十余种文学奖。

人生的境遇有时真的很难说清，说不清就把它叫作"运气"，老百姓的大白话："人倒了霉，喝口凉水也塞牙。"喝口凉水也塞牙，这人生之路够狭窄了，窄如牙缝！

喝凉水也塞牙的经历，恰是我人生第一课。

是纷至沓来的坏运气，让我从"蜜罐"掉进了"凉水"里。上世纪五十年代读小学，上的是省政府干部子弟小学"育才小学"，育才小学与原来的"延安育才保育院"有点瓜葛，还是供给制，穿的小皮鞋，发的毛呢小大衣。孙校长是延安来的老革命，慈眉善目，说话慢悠悠："我们打天下为了谁呀？就为了你们这些下一代呀！"在这群下一代中，我算半个。因为母亲已经在某个"运动"中被开除党籍，从宣传部长直降为教育局中教科长，父母被"批准并签发离婚书"。父亲还在领导位子上，我于是成了这所学校的住宿生。后来我又转到二师附小，从进学校开始，我的人生就第一次感到落差。如果故事到此完结，就不算倒霉，更没喝上凉水。命运急转而下。母亲被派往大凉山去当下放者的"领队"，到了西昌，母亲自愿申请去师范学校当一名教师。当老师是自愿申请，于是就没有人召母亲回省城了。一年后，父亲与我谈了一次话，意思是你是大男孩了，愿意去陪伴母亲吗？我去了大凉山。这是我人生第一次重要急转弯。

从成都到西昌，坐了三天长途汽车。头一天歇雅安，餐馆里已经没有米和面条供应了，全是红薯，蒸红薯，煮红薯，红薯馒头，红薯包子，弥漫的红薯味想起来都有一种饥荒到来前警告食欲的气味！第二天到了大渡河边的石棉城。破旧的老道奇客车在半山腰掏出来的公路上爬行，爬到天黑才进了石棉矿区小镇。小旅馆还没有电灯，油灯昏暗，乌黑污渍的被褥让我感到远离城市的恐惧，这一夜没有脱衣服。到达西昌，我在母亲任教的师范读附小六年级，这是一所半山破庙里的乡村小学。坚持了一年，因为长期腹泻，暑假回到成都看病，医生问："吃饭好吗？喝水清洁吗？"我老老实实地说，在山区每天只吃两餐饭，早上要饿到十点，才放学回去吃饭。大家都没有开水喝，都喝山沟的水。医生听完我的话，对陪我看病的大人说，不用吃药，每天吃三餐，喝烧开的水！而这两条，在1960年的西昌，一个下放教师的孩子，真是办不到！

我遇到的第一个人生问题，竟然是"喝凉水"！是不喝了，还是要把它喝得"服了水土"？半个月后我再次独身返回大凉山，去陪伴孤独的母亲，背包里塞满了姐姐买的酵母片和肠胃消炎片。做出这个决定的那年，我满了十一岁。

喝凉水也塞牙，这是人生遇到了比牙缝还窄的困境。退后一步也许自然宽，但亲情和良知让我第一次感到不可退，只有咬紧牙关硬着头皮往前走。回西昌进了川兴初中，在三年困难时期的乡村学校里，我成为那些乡下孩子的伙伴，我穿草鞋，上山割草，把操场挖开种菜，剃平头，冲凉水，农家孩子能做的我都做，只是我学习比别人好，让人高看一眼。读高中二年级时，父亲让我坐了三天汽车，又坐了两天火车，到北京与读清华的姐姐过了一个暑假。回到学校后，班主任杜良田老师说："不要只想清华啊，能上北京读大学就可以吧！"此时的我，喝凉水喝服了水土，成了西昌重点高中学生会的学习部长，我眼前展现了一条宽广的前程。

正进入高考复习的时候，"文革"爆发了，省报头版点了父亲的名字。天塌了，山崩了，路也堵死了，连一条田埂般的窄道都不给人留下！家庭出身好的同学，都坐车上北京"大串连"。我因为父母成批斗对象，无人理睬，无路可去。少年气盛，便找到同班其他三个也不够"资格"的同学：陶学燊、王守智、张云洲，四人商量决定做一件大事，深夜在学校贴出一张"我们也要见毛主席"的"告示"，背上行李卷，连夜离校出走。从西昌到成都，一路上害怕被阻截，每到一地，都在凌晨三四点起程赶路。什么叫闯江湖？我想那时我们就想闯开一条能走的道，无论是宽是窄，走一回就憋不死！

行路难啊。梦中被闹钟吵醒，从热被窝出来，没有灯火的马路一片漆黑，一边走还一边打瞌睡……头两天这样走还有心气，因为害怕被抓回去。再往后，就难了。谁不想多睡一会儿，谁不恋热被窝？走着走着就没办法再走下去了。睡够了起床，再吃早饭，就到了八九点钟了。走不了三十里，太阳当头，该吃午饭了。下午在阳光下行走，十分燥热，到了住宿点，累得倒头睡觉。第二天更不想起床，越走越没劲头。在雅安休整一天，四个人商量是继续走下去，还是结束行程回家。说了大话，贴了告示，回头丢死人！那就必须确定怎么走。头几天每天最少行程都在八十多里路，重要的原因，就是凌晨三四点起身上路，在看不见路的黑天起身。文雅点讲：路是走出来的，天是脚踩亮的！

天黑风凉走得快，也不出汗。有时太冷，背的军用铝壶里装着烧酒，喝上一大口，寒气全消！等到天亮，太阳出来了，行程近一半，走出了三四十里路。吃过早饭，再走到中午最热的一点多钟，就到了当天的目的地。午餐后，还能在乡镇上逛一逛。我带了个行程本，每到一地，就到当地的邮局，请邮局的人在本子上盖上一个邮戳。天一黑，烫脚睡下。开初是天天都后悔吹了牛，后来是天天都惊奇居然又走了一天。一天天下来，形成习惯，拂晓前就醒了。

走了四个半月，一步步量完了六千七百里路。这是我和三位同学一生都值得回味的事情，也是年轻胆大才可能去冒的风险。完成这漫长旅程有许多因素促成，比如说全社会都无事可干，比如说社会风气相对淳朴，比如说年轻人都有追星情结而我们追红太阳……在所有的可能中，最重要的一个细节，就是我们的长途跋涉，始于无路可走的困境，建立拂晓前摸黑上路的行程表上，赶在太阳出来前，让眼前有全新地平线，让身边有全新风景，而且还有已经写在新的一天日志上的里程数，让一无所有的自己有了成就感。

在宽路窄巷都被堵死的长夜里，我用双脚走过了一生最长的一条六千七百里的长路，从西昌出发，在延安过元旦，走进北京已是1967年春节。三十年后，2006年夏天我重回西昌，四位老同学见面，留下了一幅合影。

人生一世，宽路窄巷，少年时的经历让我领悟：不怕堵，不畏窄，咬牙迈脚，过去了就只是一个坎儿！

曾凡华，作家、诗人、编剧。湖南溆浦人。历任解放军报社文化部主任，解放军报长征出版社总编辑。中国诗歌学会副会长，中国报告文学学会常务理事，中国报纸副刊研究会会长。著有诗集《洞庭军号》《辽远的地平线》《士兵的维纳斯》，散文诗集《绿雪·野性的土地》，散文集《月蚀》，长篇小说《碧血黄花》，中篇小说《桐花雨》，长篇报告文学《最后一战》《牺盟·牺盟》等。作品《最后一战》《韶山红松》《政委上山来》等被翻译成日、英、法等语言。

沅水里的宽与窄

◎曾凡华

沅水是湖南四大水系"湘、资、沅、澧"之一，我出生的山城就坐落在沅水边。童年的印象里，沅水是很窄的，窄得容不下上游的充沛水量，以致经常漫过河堤，浸入家门。小老乡王跃文的小说《漫水》实有其地，那是个常被水漫的山乡。记得有一年发大水，淹进我家二楼，我和奶奶是被民兵的

"木划子"救出来的。在船上,放眼望去,我才发现此刻的沅水之宽阔。

上世纪六十年代初,我在沅水上游一个叫安江的地方念书,常常穿过"杂交水稻之父"袁隆平任教的安江农校去沅水河里游泳。游泳之后,爱坐在岸边望着沅水发呆。这一段沅水也是窄的,因窄而使得水流湍急,奔腾叫嚣似胸有大志而不得施展,急着去寻出头的地方。

我的从军纯属偶然:是一位当地驻军的班长找到我,说我二胡、小提琴拉得好,文章也写得好,参军去他们演出队当乐手、搞创作如何?我说要等着考大学。他笑着说,大学一时半会儿是考不了了,先当兵再说吧。

一切都顺利通过,我当了兵,留在了当地的军分区独立营。被断了大学梦的我,从此走进了解放军这个大学校,如同那条窄窄的沅水,跳出了大山的怀抱,见识到沅水流注的洞庭湖之浩渺与广阔。

提干回家探亲的那年,穿上了"四个兜"军装的我意气飞扬,故乡那条窄窄的沅水,也在我的眼里变得宽绰而越来越有魅力了。

我从副班长,一下子提到军区当了文化干事,心里便开始膨胀起来,对自己写的节目、剧本越来越自信,甚至连广州军区专业团体导演的意见都有些听不入耳。一次去大军区会演,我自鸣得意创作的一部四幕歌剧,演出后反响平平,这令我大失所望。我将剧本送给全军一位著名剧作家征求意见,期望他能给予好评,可他看后只淡淡地说了句:"你恐怕要从戏剧的基本结构学起……"

当头一瓢凉水,让我从此清醒地意识到自己的浅薄和无知,决心从头学起，掌握好戏剧结构这门大学问。我开始"恶补"，几乎是手不释卷，一有空就泡在图书馆里。这也养成了我无论走到哪里，都要找本书读的习惯。如今虽年过古稀，无论是上飞机还是坐高铁，都要买本书来读。渐渐地，我发现书中的点点滴滴最后也能汇聚成河，一如沅水源头无数窄小的溪流，能聚合成湖南的第二大河，最后流注于洞庭，形成八百里波涌之势。

在"水天一色，风月无边"的洞庭湖，我写出了第一部诗集《洞庭军号》，经过湘籍老诗人未央的润色，得以在湖南人民出版社出版。曾是志愿军的未央，因一首诗《祖国，我回来了》而一举成名，他与当时还是女大学生的夫人之间所发生的爱情故事，也在坊间传诵一时。

此后，我为了采写长篇纪实文学《湘西大剿匪》，再次回到"安江凼凼"，在专署所在地大畬坪，采访过"女土匪"黄玉姣，因为一部写湘西剿匪的书里写到她的"匪行"，致使她数度入狱，饱受磨难。

其实她本是芷江城里一个师范生，因嫁给"大土匪"曾西胡子而成为"土匪婆"。其实"曾西胡子"曾庆元也是投诚反正人员。黄玉姣每每提起这些陈年往事，总是眼含热泪、欲说还休……由此可见"文章千古事，一字可杀人"之不虚。

《洞庭军号》的样书，是我在午夜的长沙火车站看到的。当时，我作为战地记者，从云南完成任务后回北京路过长沙。出版社的老社长黄起衰带着儿子特意赶到站台送样书。这位被出版界誉为"老黄牛"的"全国劳动模范"拖着病体夜半到车站送书的情景，如今仍历历在目。此后不久，我便听到了他离世的消息……之后我也任过两个出版社的总编，总想以他为榜样，为年轻的文学爱好者出几本像样的书，但往往被"经济效益"所制约而放弃了初衷，这不能不说是毕生的憾事。

苏联作家瓦西里·伊万诺维奇·别洛夫说："世界上任何奇观和美景都不能代替故乡一座平淡无奇的山冈，一湾小河……"

流经故乡的沅水，在我的眼里自然是很美的，是世上任何奇观美景所不能比拟的。这时宽时窄的故乡之河，如今仍让我梦绕魂牵。多少个童年的夏夜，都与沅水上那座浮桥相联……

三岁那年，姐姐背我过浮桥去对岸河堤上拾野菜，踏空了一块桥板，双双落进沅河里，是河边一位涮衣的漂母，费大力将姐姐救起，拉出水面时，才发现她的辫子上还吊着个我。为此，我母亲还连着几天敲着破铜盆，到沅水边为我招魂。

也许从那时起，我的魂就掉在沅水里了，以至于成年之后，常常在梦境中重复这一"沅水之劫"。但童年的我，对沅水从不记仇，总愿与沅水相伴。

夏季的夜晚，我几乎都是在横亘于沅水的浮桥上度过的。伴着满天星斗，我在桥板上铺上草席，摇一把蒲扇，混进乘凉的大人堆里，听打渔鼓的瞎子说《水浒》，听邻居大伯讲《聊斋》。中夜暑退，凉风习习，间或有渔火点缀江面，有悠悠箫笛声从河岸吊脚楼里逸出。这种童年的文化沉积，便是培育我"文学种子"的温床。

回想起来，这种小城生活的丰富多彩，比起谨严、刻板的现代都市生活来说，似乎对儿童的身心发育更为有益。我出生的那个沅水边的小城，当时是湘西地区文化气息较活跃的一域。老作家沈从文先生对此曾有过一段评介："溆浦地方在湘西文化水准特别高，读书人特别多，不靠洪江的商务，却靠一片田地，一片果园——蔗糖和橘子园的出产，此外便是几个热心地方教育的人。女子教育的基础，是个姓向女子做成的（即向警予），史学家向达，经济学家武堉干，出版家舒新城，同是溆浦人。"

向警予创办的小学校就在沅水河畔。校园中心那棵摩天的大樟树，是我和儿时伙伴们掏鸟窝的去处。当时这里叫二完小，而我就读的一完小则设在圣庙山上的孔庙内。大成殿的恢宏苍凉，"文武百官在此下马"碑刻的古朴遒劲，以及山门前凌空而立的八角亭的装饰古画，都给童年时代的我，造成了一种文化氛围。

故乡这种文化氛围，深深烙印在我以后的创作活动中。我的许多文学作品，无论是否乡土题材，都无不笼罩着一种特有的气息，这大概与少年时代沅水之畔的文学艺术启蒙活动有关，因为"少年不识愁滋味"，连雨季变得浑浊苦涩的沅水，我喝起来也是甜的……

少年时代的我，生性沉静而爱好广泛：美术、音乐、文学都想涉猎，而且都学得较专心，爱得较深切。一幅沅水河畔的写生画在县里获了奖，一把五毛钱买来的二胡，使我能走上舞台独奏《二泉映月》等名曲，一篇写抗旱的散文，在学校作文比赛中拿了第一……这些少年时期的文学艺术活动都是相通的、相辅相成的，对一个作家气质的形成至关重要。

我曾在一篇谈写作体会的文中说到，由于童年的文化熏陶，我似乎对大自然美的物事有一种特别的敏感，故在作品中特别注重其美学价值。

故乡的美无处不在。我栖居的那个山城四季多雨，雨中的街巷是寂寞而令人感伤的。凝望着檐溜织起的水幕，聆听着水幕中偶尔传来的"钉鞋"——一种类似拖鞋而鞋底布满乳头状铁钉的雨鞋——敲击青石街面所发出的"嗒嗒"声，心里往往产生一种需要表达、需要抒发的冲动。以后，我将此称作自己的"文学创作情结"，正是这种"情结"的影响，使我在从事各类工作时，总将"文学创作"作为自己的业余爱好并孜孜以求。我的诗集《爱的独白》里便有许多童年、少年的感喟和咏叹；我的中篇小说《桐花雨》里，更多地穿插了自身情感经历的片羽散鳞。

小城物质生活原菲薄和经常的下乡助农劳作，使我体验到每一粒粮食的来之不易，也感悟到故乡民风的淳朴诚笃、人性的善良纯厚，从而在我天真未凿的童心中植入了真善美的基因。

学校放寒暑假时，我常去乡下的干娘家住一些时日。乡居生活的丰富多彩使我进一步了解了山民的美好心灵。我永远忘不了那些乡下伢儿扶我骑上牛背而自己打着光脚板牵着牛走向露水满盈草坡时的情状，也忘不了西瓜园里守夜时与乡下妹伢一同踩着草绳荡秋千的场面。我想，人生有这么一段金色的岁月实在是一种幸事，尽管这些岁月艰辛而苦涩，但正是这种甘甜中的苦，使我领略到什么是生命中最可宝贵的东西。

法国哲学家诺瓦利斯说过："哲学原就是怀着一种乡愁的冲动去寻觅家园。"我以为文学亦如是，也是怀着一种童年的冲动去寻觅精神的乐园。这一点，似无关乎个人视野的宽与窄，一如我怀着乡愁去观照沅水的时候，它的宽窄，就会随着我的情感而发生变异……

啊，那宽宽窄窄、亦宽亦窄、由窄而宽、由宽而窄的沅水哟！

张新泉，当代著名诗人，四川富顺人。享受国务院政府特殊津贴。1974年开始发表作品，1991年加入中国作家协会。著有诗集《野水》《人生在世》《鸟落民间》《张新泉诗选》等。作品曾获四川文学奖、首届鲁迅文学奖、第五届郭沫若诗歌奖等。

◎张新泉

人生何其短 文学何其大

"张老师，我严重地喜欢你。"我想，读者这样严重的表白，是冲着爱诗歌去的，我也爱诗歌，不晓得不爱诗歌我咋个过，但爱诗歌是悄悄地爱，为啥非要整这么大的动静？

余光中先生说："蓝墨水的上游是汨罗江。"我的文学上游，除了我幼时，我家的书房，还有我的母亲。我的文学，我的艺术之梦，源头就在那里。母亲是传统的家庭妇女，没正式上过学，就上过几天私塾。她会背很多首唐诗宋词，肚子里装得可多了。她没事的时候就躺在那儿，闭着眼，一个人读那些诗词。我听她读的这些诗词很有味，觉得诗词真好，可以唱，可以吟，可以戛然而止。有不少句子被我听到，虽然不懂，但等我长大了，我会顺着记忆去寻找，原来那些诗句一直在滋养我的艺术感觉。这就是我的艺术源头，我的诗歌灵泉。

从爱诗少年，到诗歌编辑，再到诗歌老头，一路走来，我对诗歌的爱依然和最初出发时一样，真挚，纯粹，浓烈。诗歌支撑过我，给过我力量，帮助我发现了心灵里的真善美，让我在颠沛流离的几十年里没有堕落，没有失去良知。即使是现在，它给我的滋养依然在延续。

领奖的掌声

爱诗就该爱得广博，太狭窄就失了意义和快乐。细想起来，诗歌的宽窄，也是人生的"新现实主义"。

为首届鲁迅文学奖征集四川的参评诗集，是在 1997 年下半年。因为时间紧迫，我在《星星》编辑部打了不少电话，对电话那头的诗家们不惜口舌，叮咛、催促。一周后，诗集陆续寄达或送来，近二十册。由于必须以书参评，又有出版时间的限制，导致一些诗人因无集子失去机会，有的虽有书，却不在时限之内，只好放弃。

将诗集送交创联部，总算脱手，心想，其中若有人获奖，也不枉我此番辛劳。

某天，正伏案看稿，一编辑过来对我说，张老师，你咋不把自己的书"砸"一本去？我说，都是些鸡毛蒜皮的东西，写得又一般般，送了也白送。那编辑又说，未必一本书都舍不得？送去试试嘛……几天后，成都至北京的邮路上，多了一个薄薄的邮件，里面是我的诗集《鸟落民间》（后来听说，再晚送一天，初评就"关门"了）。

怎么也想不到，"鲁奖"这个馅饼竟然砸到了我的头上！（我是四川省参评诗集的前期经办者，又是最终获奖者，放到现在，该有多少"故事"啊！）

1998 年 4 月初，收到中国作家协会通知，《鸟落民间》获1995—1996 年全国优秀诗歌奖，邀请我出席 4 月 20 日在人民大会堂的颁奖大会。

于是，就去首都领奖。当夜，财务人员来宾馆房间发奖金，我刚好出去了。第二天上午，一女财务员在颁奖现场找到我，签字之后，执意要我当面点钱。其时众目睽睽，大会开幕在即，在如此场合下，点那一沓钞票，实在是有碍观瞻。我赶快用椒盐普通话告诉她，不用点了，少不了，多了一定退你！

大会结束，作家们都以主席台为背景拍照留影。一老外见我闲着，便过来套近乎，反复打听奖金数额。我神秘的表情告诉他，数额太大，不能告诉你，你知道了，肯定会忌妒……手机响了，女儿在成都问，新泉兄，奖金多少？我含而糊之地回答，两位数。

回成都后，省委在文联四楼会议室表彰王火老师（第四届茅盾文学奖获得者）和我。我从宣传部长手中接过一个大红信封，当我把那个大信封高高举起时，会场上响起即使奖了二十万也不过如此的热烈掌声。

赴会《百坡》

去眉山参加《百坡》创刊十周年庆典。一本内部发行的区县级文学季刊，在整整十年里，坚持着纯正的文学性、宁缺毋滥的个性，以干净、清爽的面目，让与之照面的大小文学人士过目不忘，称赞有加，实在是自身品质和品位的原因。庆典前夕，熊召政寄来了贺词；远在西北的张承志以"清洁的精神"相赠，表达了高度的赞许。与会来宾，除本地一帮文学骁将外，省内外不少知名作家也亲临祝贺，其场面与实质，用"庆典"二字确也名副其实。

眉山东坡区委二楼，张贵全和雪夫在办公室等我。我说陈大华在家接待客人，可能不能来了。没见过大华的张贵全马上打电话，用一种比熟人更熟的口气责问对方不能来开会的原因，继而又对电话那头"争取来"的回答表示不满，问："争取来是什么意思？来还是不来，请说明白！"直到对方答应明天上午赶来，张贵全那张皱纹偏多的脸才舒展开来。我看雪夫笑着在一旁抽烟，就想，百坡人真如磁石，文友相识，迅速变成挚交。未曾谋面的，因作品结缘，早已情投意合，心心相印，其友情的深笃，绝非一般人际关系的进程可比。

想到主人正在办会，事多，理应为其减负，便主动申请去就近处解决一顿最方便的午餐，比如一碗面之类……张贵全说，我们不想吃面，羊肉——如何？

"万羊肉"离此还有一段距离，便打车前往。

雪夫和贵全喜糯米食物，羊肉之外，便先点了糍粑、叶儿粑，小徐点了炒羊肝，我立即附和，菜品就定了下来。都不喝酒，各自喝汤。估计这汤，这羊肉，以及炒羊肝，在眉山的美食中还是有些名气的，但一顿饭下来，我竟不知其味。喧宾夺主的《百坡》，在这场饭局中竟成了"主食"，我的夹菜、扒饭、咀嚼，无不被其牵制。从雪夫送至嘴边的叶儿粑欲进又止的停顿中，从张贵全主攻糍粑的间隙里，我得知明年的《百坡》将增加一个印张，刊名换字（已请书法家刘云泉先生写就）以及正文的小五号字体改标准五号，等等。

对自己主业之外的一本杂志痴迷到如此程度，且一陷十年，由不得我不肃然起敬！

对不起了，万羊肉。

就在我乘车奔眉山时，从盐都出发，也在途中的自贡市作协主席李华和心怀丧母之痛的《百坡》副主编棱子正在手机上互发短信。

李华：我过井研了。

棱子：好。下车后自己打的去眉山宾馆哈，我太累了。

李华：听话。

棱子：乖。

我把《百坡》的精美请柬和参会名录保存了下来。唯美和执着如今已成稀世珍宝。予人玫瑰，手留余香，这世界如果连干净的花都稀缺了，我们还会看自己的手么？

　　我真心觉得世界上有很多优秀的人，跟我一起在空气里呼吸。我要向人家学习的地方很多。人生何其短，文学何其大，即便大家、大师，终其一生的努力，所触及的文学疆域也只能以方寸计，遑论区区我者。瑕疵不少的我，唯独没有嫉妒。庆幸此生与众多值得寄望和敬畏的作品、作家呼吸在同一时代，这是宿命对我的青睐，也是宽窄里的浓香。

周啸天，当代著名诗人、学者。1948 年 5 月
生于四川渠县。四川大学文学与新闻学院教授，
安徽师范大学中国诗学中心研究员，中华诗词学
会副会长，第六届鲁迅文学奖诗歌奖得主。著有
《绝句诗史》《中国分体文学史·诗歌卷》《历代
分类诗词鉴赏》（十二种）、《诗词赏析七讲》《诗
词创作十日谈》《周啸天谈艺录》《将进茶——周
啸天诗词选》《周啸天选集》等二十多部专著。
所获其他奖项有《诗刊》首届诗词奖第一名、中
华诗词学会第五届华夏诗词奖第一名、2015"诗
词中国"杰出贡献奖等。

◎周啸天 说宽窄

　　"宽窄"是描述空间及空间感受的概念，"宽窄"
是相对的概念。人在宇宙间是个比例中项，任何所
谓宽的，放到宏观世界都是窄的；任何所谓窄的，
放到微观世界都是宽的。精彩的表述莫过于《庄
子·养生主》"庖丁解牛"中的一段话："彼节者有
间，而刀刃者无厚，以无厚入有间，恢恢乎其于游

刃必有余地矣。"我有一首《宽窄歌》，全文如下：

> 峨眉自古路朝天，最是公来不禁山。
> 半边容我与君走，尚与路人留半边。
> 君不见高空王子阿迪力，观者如山俱屏息。
> 君不见开元大道如青天，白也尔独不得出。
> 渺渺一尘历劫波，爆炸徒生几千河。
> 却看地球渐成村，迩来天下被网罗。
> 天涯未及纳米宽，咫尺何啻万光年。
> 合德分苏讵可料，神州已着非常道。
> 一带一路亦人谋，两道岛链听天造。
> 疏可走马不容针，窄如扁担栖仨人。
> 纪昌习射已贯虱，庖丁解牛新发硎。
> 人生达命信可乐，夜航船上伸伸脚。
> 最窄莫过牛角尖，掉头一吹动寥廓！

或问："古代诗文中是否有'宽窄'之道，这种宽与窄是如何体现在诗歌与古文之中？"我的回答是：当然有，古体诗约束较少，格律从宽；近体诗约束较多，格律尚严，韵部较窄。一般说来，格律诗的写作，较古体诗写作难度大。但会者不难，或可因难见巧。较常见的一种情况，就是遵循诗律时，对散文语法常规有所颠覆。如辛弃疾的"千古江山，英雄无觅孙仲谋处"（《永遇乐·京口北固亭怀古》），以文法观之，简直就是不通之语。"遥岑远目，献愁供恨，玉簪螺髻"（《水龙吟·登建康赏心亭》），以文法观之，词序句序不免颠倒错置，然均不妨其为千古传诵的名句。李商隐的"分曹射覆蜡灯红"（《无题》），把"蜡烛"写成"蜡灯"。毛泽东的"风物长宜放眼量"（《七律·和柳亚子先生》），把"眼界"写成"眼量"。都是为了迁就平仄或韵脚，却反而显示出立意清新。李商隐《锦瑟》诗中用蓝田种玉的典故，如果直说种玉，就比较平庸。诗人为了押韵，忽然悟出一个"玉生烟"，不但韵脚问题解决了，不平凡的诗句也造成了。这里就有宽窄的辩证关系。

中国古代的文人，随便说吧，皇帝身边的人，宫廷诗人，应该是"大道如青天"了吧，然而其写作从题材到辞章，都是受限的——不是皇帝要限制他，而是他要迎合皇帝。弄出一个"宫体"，在文学史上评价不高，李白说："自从建安来，绮丽不足珍"（《古风》），韩愈说："齐梁及陈隋，众作等蝉噪"（《荐士》）。而处在漂泊流离中的诗人，哭途穷的诗人，却往往有惊天动地的造诣，如魏晋之际的阮籍，如写过《乞食》的陶潜，如安史之乱中的杜甫，都是如此。中国有"诗穷而后工"诸如此类的熟语，有"国家不幸诗家幸"诸如此类的名言。

就个人的人生经历来说，尤其在获得鲁奖并受到争议时，又加深了我对"宽窄"之道的理解。人生如行船，顺风顺水，固然是好。风生水起，则更有收获——翻不了船。鲁奖争议的那几个月，其实是我人生最享受的一段时光，真觉岁月没有虚度。没有那几个月，我的人生会寂寞很多。那时面对铺天盖地的"够不着"的吐槽，我发表过三句话："你获奖还是我获奖？""你在意还是我在意？""你内行还是我内行？"王蒙先生闻而大笑，觉得太好玩了，太有意思了。在中国现代文学馆领奖之夜，我应《新京报》记者之约，现场即兴题了一首《草船》诗："今夕凭君借草船，逢逢万箭替身穿。同舟诗侣休惊惧，与尔明朝满载还。"第二天，《新京报》《北京晚报》《华西都市报》都用这首诗的三四句或最后一句做黑体通栏标题，报道了颁奖的盛况。

关于自我认同的身份，我觉得，我是个读书人。我读故我在。我从少年时代起，就注意搜罗好书。我的书房中挂着陆游的名句："异书浑似借荆州"，意思是书是不好借的。我经常告诉年轻人："读也，写在其中矣。""读到什么份上，写到什么份上。"读到份上，另一个说法是"知好歹"。知好歹，你就进步了。不知好歹，你就白读了。我做学问，我写作，完全是因为我不停读书的缘故。我教书，是因为我读后有话要讲。我写诗，是因为我读诗，发现诗可以这样写。所以归根结底，我是个读书人。